Fabliaux du Moyen Âge

11 histoires de ruse

ÉTONNANTS • CLASSIQUES

Fabliaux
du Moyen Âge
11 histoires de ruse

Présentation et chronologie
par ALEXANDRE MICHA

Encarts culturels et dossier
par AURANE ANNE,
professeur de lettres

Avec la participation de LAURENT JULLIER,
professeur en études de cinématographie,
pour « Un livre, un film »

Flammarion

**Sur le thème « Résister au plus fort : ruses, mensonges et masques »
dans la collection « Étonnants Classiques »**

Fabliaux du Moyen Âge, 11 histoires de ruse (anthologie)
La Farce de Maître Pathelin
La Farce du Cuvier et autres farces du Moyen Âge
LA FONTAINE, *Le Corbeau et le Renard et autres fables*
MOLIÈRE, *L'Amour médecin*
  Le Sicilien ou l'Amour peintre
  Les Fourberies de Scapin
  Le Médecin malgré lui
  Le Médecin volant
  La Jalousie du Barbouillé
Le Roman de Renart

**Autres textes sur le Moyen Âge
dans la même collection**

Aucassin et Nicolette
La Chanson de Roland
CHRÉTIEN DE TROYES, *Lancelot ou le Chevalier de la charrette*
  Perceval ou le Conte du graal
  Yvain ou le Chevalier au lion
ROBERT DE BORON, *Merlin*
Tristan et Iseut

© Éditions Flammarion, 2016, pour l'appareil critique et les traductions des fabliaux.
Trad. **Alexandre Micha** pour : « Le Vilain Médecin », « Les Trois Bossus »,
« Estula », « Les Perdrix », « La vieille qui graissa la patte au chevalier »,
« Le prêtre qui fut pris au lardier », « Brunain et Blérain », « La Bourgeoise
d'Orléans », « Le Boucher d'Abbeville ».
Trad. **Jean Dufournet** pour : « Le Prêtre crucifié » et « Le Testament de l'âne »
(*Fabliaux du Moyen Âge*, GF-Flammarion, 1998, rééd. 2014).

ISBN : 978-2-0813-8629-7
ISSN : 1269-8822
N° d'édition : L.01EHRN000514.N001
Dépôt légal : août 2016
Imprimé en Espagne par Novoprint (Barcelone)

SOMMAIRE

Fabliaux du Moyen Âge

PRÉSENTATION

Qu'est-ce qu'un fabliau ? Le mot vient de *fable* : c'est donc un récit en vers, et un récit qui n'est jamais très long. Tant mieux, on n'a pas le temps de s'ennuyer.

La plupart des fabliaux sont anonymes : on ne connaît pas le nom de leur auteur. Mais on voit bien que ces conteurs ne sont pas des gens tristes...

Histoires pour rire

Dans ces petites histoires, on raconte le plus souvent une bonne ruse, une simple débrouillardise ou un plan savamment conçu.

Ceux dont on se moque ont mérité d'être trompés, par leur vice, leur lâcheté ou leur naïveté : on se moque du trompeur déjoué, du voleur volé, du piégeur piégé, du mari jaloux trompé. C'est l'éternelle histoire de l'arroseur arrosé.

Le premier prix de ruse revient à la femme, qui berne à la fois son mari et son ami. Jamais à court d'inventions, légère et coquette, elle sait se tirer des pires situations. Ces conteurs seraient-ils hostiles aux femmes ? Il faut reconnaître qu'au Moyen Âge une vieille tradition perdure qui présente la femme comme un être dangereux et comme une tentatrice. Mais, avant de donner des leçons, nos auteurs veulent surtout faire rire.

Un autre personnage est tout indiqué pour apporter du piment à l'histoire : c'est le prêtre. Paillard et jouisseur, il dispose de son temps et de beaucoup d'argent. Faut-il y voir une critique du clergé ? Là encore, il s'agit d'un type littéraire, celui du prêtre ou du moine débauché, tels qu'on les retrouve par exemple dans *Le Roman de Renart*. À aucun moment les fabliaux ne remettent en question la mission du prêtre ou la hiérarchie de l'Église, ni les liens sacrés du mariage. C'est, en somme, une caricature, destinée à déclencher le rire.

Nous rions également des jeux de mots. Dans « Estula » ou dans « Brunain et Blérain », l'auteur s'amuse à dédoubler le sens d'un nom ou d'un mot.

Vivre au Moyen Âge

Pour quel public écrivent ces conteurs ? Il est sans doute très large : c'est aussi bien un public noble que bourgeois ou populaire. Tous, en effet, pouvaient prendre plaisir à ces joyeux passe-temps. De plus, chacun y retrouvait les images du milieu où il vivait et des aperçus de sa vie quotidienne. Nous évoluons tantôt dans la campagne, avec ses chemins creux, ses métairies, ses cours de ferme, tantôt, et plus souvent, dans un milieu urbain : la ville avec ses commerçants — bouchers, savetiers, artisans divers —, et le mobilier des maisons — la huche, les paillasses, les baignoires. Ces petits tableaux sont encore un des charmes des fabliaux.

Chez vilains et bourgeois, la bonne table est un des plaisirs essentiels de l'existence. À la campagne, on se contente de pain, de lait et de fromage, tandis que les riches se régalent de gibier, d'oies grasses et de plantureux menus.

La bonne humeur, la joie de vivre résument donc la philosophie des fabliaux. Quand les auteurs tirent les leçons des mésaventures survenues à leurs personnages, ce sont surtout des conseils d'expérience invitant à ne pas tomber à son tour dans des situations inconfortables ou désastreuses. Cette morale de bon sens ressemble un peu à celle des fables de La Fontaine.

L'art de conter

Même s'il ne faut pas chercher de profonde psychologie dans ces petites œuvres, le conteur saisit fort bien les caractères. Des traits pris sur le vif animent ces personnages, qui autrement ne seraient que des marionnettes.

Mais l'auteur est surtout un meneur de jeu, qui exploite les situations avec virtuosité. L'intrigue est habilement troussée. Que de méprises, de substitutions de personnages, de bagarres et de bastonnades, comme au théâtre de Guignol ! Le récit, toujours alerte, ne s'encombre ni de descriptions ni d'analyses. Rondement mené, il va droit au but, animé par la fréquence et la vivacité des dialogues. Les phases de l'action se succèdent en séquences rapides, juxtaposées souvent sans transition. On y décèle un art très sûr, et une écriture simple et directe. S'il est un genre court, le fabliau est donc aussi raffiné que des récits plus ambitieux.

■ Clerc, chevalier et paysan. Lettrine (lettre ornée placée en début de chapitre ou de paragraphe) datant du XIIIᵉ siècle.

CHRONOLOGIE

1170 1314
1170 1314

- Repères historiques et culturels

- Contexte littéraire des fabliaux

Repères historiques et culturels

1180-1223	Règne de Philippe II Auguste.
1194-1220	Construction de la cathédrale de Chartres.
1204	Quatrième croisade et prise de Constantinople par les croisés.
1213	Croisade contre les hérétiques albigeois.
1214	Bataille de Bouvines.
1221	Début des travaux de la cathédrale de Reims.
1223-1226	Règne de Louis VIII.
1226-1270	Règne de Saint Louis.
1270-1285	Règne de Philippe III le Hardi.
1285-1314	Règne de Philippe IV le Bel.

Contexte littéraire des fabliaux

1170   *Richaut*, le plus ancien fabliau (thème de la ruse féminine et tableau des mœurs).

1174-1250   Les différentes branches du *Roman de Renart*.

1200-1220   Début de la grande production des fabliaux.

Vers 1200   Jean Bodel, chanson de geste : *Les Saisnes*.

1200-1250   Fabliaux : « Le Vilain Médecin », « Les Perdrix », « Estula », « Les Trois Bossus ».
Aucassin et Nicolette, récit en prose et en vers alternés.

1200-1210   Robert de Boron, *Joseph*, *Merlin*, *Perceval*.

Vers 1205   Jean Bodel, *Congés* (œuvre d'un poète lépreux).

Vers 1210   Villehardouin, chronique de *La Conquête de Constantinople*.

1215-1235   Cycle romanesque du *Lancelot-Graal*.

1225-1230   Guillaume de Lorris, *Le Roman de la Rose*.

1250-1300   Fabliaux : « Le Testament de l'âne », « La vieille qui graissa la patte au chevalier », « Le Prêtre crucifié ».

1269-1278   Jean de Meun, suite du *Roman de la Rose*.

1309   Joinville achève la *Vie de Saint Louis*.

© Costa / Leemage

■ Un voyageur est accueilli dans une auberge et se voit proposer un verre de vin. Enluminure (miniature qui orne d'anciens manuscrits) datant du XIVe siècle.

Fabliaux du Moyen Âge

11 histoires de ruse

■ Les travaux agricoles au fil des saisons. Miniatures du XIIIe siècle.

© BNF

Le Vilain Médecin

Il y avait une fois un vilain[1] fort riche, mais avare[2] comme pas un ! Il possédait trois charrues[3] avec les bœufs, deux juments et deux gros chevaux ; il avait en abondance tout le nécessaire, pain, viande et vins. Mais parce qu'il
5 n'était pas marié, ses amis et tous les gens du pays le blâmaient[4]. Il leur répondait qu'il se marierait, s'il trouvait une bonne épouse. On lui en cherchera une, lui dit-on, la meilleure qu'on pourra trouver.

Au pays vivait un vieux chevalier, qui était veuf et qui
10 avait une fille, une très belle et courtoise demoiselle. Mais l'argent lui manquait et personne ne demandait sa fille en mariage, bien qu'elle eût largement l'âge de s'établir[5]. Les amis du vilain se rendirent auprès du chevalier et lui demandèrent sa fille pour le paysan qui était riche d'or,
15 d'argent et de vêtements. La jeune fille qui était sage n'osa

---

1. Vilain : homme de basse condition (le plus souvent un paysan), par opposition à **courtois**, celui qui fréquente les cours, qui est bien élevé, qui a des manières distinguées.

2. Avare : qui veut accumuler les richesses, sans les dépenser (synonyme en langage familier : radin).

3. Charrues : instruments agricoles qu'on attelle à un ou plusieurs animaux pour labourer les champs.

4. Blâmaient : critiquaient.

5. S'établir : fonder une famille.

contredire son père qui donna tout de suite son consentement : elle n'avait plus sa mère, elle céda donc au bon plaisir de son père et malgré le chagrin qu'elle en éprouvait elle épousa le vilain.

20 Mais peu de temps après les noces, celui-ci s'aperçut vite qu'il avait fait une mauvaise affaire : il convenait peu à ses occupations d'avoir pour femme une fille de chevalier. «Quand je serai à ma charrue, se dit-il, le chapelain[1] pour qui tous les jours sont fériés guettera dans la rue, et quand 25 je serai loin de ma maison, il séduira ma femme qui ne m'aimera plus et me traitera par le mépris. Ah, malheureux que je suis ! Que faire ? Mes regrets ne servent à rien.» Il réfléchit longuement et se demanda comment la préserver de ce danger.

30 «Mon Dieu, fait-il, si je la battais chaque matin, à mon lever, avant d'aller à mon labour[2], elle pleurerait toute la journée et, pendant ce temps, personne ne lui ferait la cour ; puis le soir, à mon retour, je lui demanderais pardon et je lui ferais fête.»

35 Il demanda alors à dîner ; il n'y eut au menu ni poissons ni perdrix[3], mais fromages, œufs frits, pain et vin en abondance, que le vilain avait amassés.

Quand la table fut desservie, de sa main qu'il avait énorme et large, le vilain donna une telle gifle à sa femme 40 qu'il y laissa la trace de ses doigts ; puis l'ayant prise par les cheveux, il la bat brutalement comme si elle l'avait mérité et part ensuite pour les champs, laissant sa femme

---

1. *Chapelain* : prêtre qui a la charge d'une chapelle (petite église).
2. *Labour* : action qui consiste à retourner la terre pour y planter des semences.
3. *Perdrix* : oiseau que l'on peut chasser et manger.

en larmes. «Hélas, fait-elle, que devenir? Quelle décision prendre? Mon père m'a durement trahie, pauvre que je suis, quand il m'a donnée à ce vilain. Étais-je près de mourir de faim? Certes, j'ai été folle de consentir à ce mariage. Pourquoi donc ma mère est-elle morte?»

Elle pleure tout le long du jour. Quand le vilain revient, il se jette aux pieds de sa femme et la supplie de lui pardonner.

«Dame, fait-il, pitié! C'est le diable qui m'a poussé. J'ai de la peine, je regrette les coups que je vous ai donnés.»

Le misérable en dit tant que sa femme lui pardonne et lui sert le repas qu'elle avait préparé, et ils vont se coucher en paix. Mais au matin, le brutal maltraite encore sa femme et peu s'en faut qu'il ne la blesse. Puis il part travailler aux champs.

Elle se met à pleurer.

«Ah, malheureuse, pourquoi suis-je née? Mal m'est advenu. Mon mari n'a jamais été battu, il ne sait pas ce que c'est que les coups. S'il le savait, il ne m'en donnerait pas tant.»

Tandis qu'elle se désole, voici venir deux messagers du roi, chacun sur un blanc palefroi[1] : ils entrent dans la maison et demandent à manger. Elle leur donne volontiers à manger, puis leur dit :

«D'où êtes-vous? Que cherchez-vous? Voulez-vous me le dire?

– Dame, par ma foi, répond l'un, nous sommes des messagers du roi qui nous envoie à la recherche d'un médecin. Nous devons passer en Angleterre.

---

1. Palefroi : cheval de promenade.

– Et pour quoi faire ?

– Damoiselle Aude, la fille du roi, est malade, depuis huit jours passés elle ne peut boire ni manger à cause d'une
75 arête de poisson qui lui est restée dans le gosier [1]. Et le roi en est désolé ; s'il la perd, jamais plus il ne connaîtra la joie.

– Seigneurs, écoutez-moi. Vous n'irez pas si loin que vous croyez : mon mari, je vous le jure, est un bon méde-
80 cin ; il est plus fort en médecine que ne le fut jamais Hippocrate [2].

– Le dites-vous, dame, par plaisanterie ?

– Non, je me garde bien de plaisanter. Mais il est d'un naturel si bizarre qu'il refuse de rien faire, à moins d'être
85 battu.

– On verra bien. Où pourrions-nous le trouver ? Ce n'est pas les coups qui manqueront.

– Vous le trouverez facilement, en sortant de cette cour, le long d'un ruisseau, près de cette rue déserte : la première
90 charrue, c'est la nôtre. Allez, par saint Pierre l'apôtre, là où je vous dis. »

Ils éperonnent [3] leurs chevaux et trouvent le vilain ; ils le saluent au nom du roi et le prient de venir sans délai parler à leur maître.

95 « Pour quoi faire ? dit le vilain.

– À cause de la science dont vous êtes tout plein. Il n'est meilleur médecin au monde ; nous sommes venus de loin vous chercher. »

---

1. *Le gosier* : la gorge.
2. *Hippocrate* : médecin grec du Ve siècle avant Jésus-Christ.
3. *Éperonner* : piquer un cheval avec des éperons (tiges en métal qui se fixent au talon du cavalier), afin qu'il aille plus vite.

Quand le vilain s'entend appeler médecin, il baisse un
100 peu la tête et répond qu'il ne sait rien de rien.

« Qu'attendons-nous ? se disent-ils, nous savons qu'il
faut d'abord le battre, avant qu'il dise ou fasse du bien. »

L'un le frappe sur l'oreille, l'autre sur l'échine[1] avec un
grand et gros bâton. Ils le rossent[2] si bien qu'ils le jettent
105 à terre. En sentant les coups sur ses épaules et sur son dos,
le vilain voit bien qu'il n'a pas l'avantage.

« Oui, dit-il, je suis un bon médecin, mais par pitié laissez-moi tranquille.

– Alors, en selle, et tout de suite chez le roi. »
110 Et sans chercher d'autre monture, ils le juchent[3] sur
une jument.

Arrivés à la cour, le roi court à leur rencontre, soucieux
de la santé de son enfant, et les interroge sur ce qu'ils ont
trouvé.

115 « Nous vous amenons, répond l'un des messagers, un
bon médecin, mais il n'est pas facile de caractère ! »

Ils le mettent alors au courant des défauts du vilain, qui
ne veut rien faire avant d'être battu.

« Voilà un mauvais médecin, fait le roi. Jamais je n'en ai
120 entendu parler. Puisqu'il en est ainsi, qu'on le batte bien.

– Nous sommes prêts, répliquent les autres. Dès que
vous le commanderez, il sera payé comme il le mérite. »

Le roi appelle le vilain.

« Maître, dit-il, asseyez-vous ici, je vais faire venir ma
125 fille qui a grand besoin d'être guérie.

----

1. *L'échine* : le dos.
2. *Ils le rossent* : ils le frappent.
3. *Ils le juchent* : ils le font monter.

– Vraiment, sire, je vous affirme que je ne connais rien à la médecine, je n'en ai jamais su le premier mot.

– Voilà qui est surprenant, dit le roi. Rossez-le-moi de coups. »

130 Et ils bondissent sur lui, hardis à la tâche.

« Sire, pitié, dit le vilain, quand il sent les coups pleuvoir sur lui. Je la guérirai, je vous le promets.

– Laissez-le, dit le roi, ne le touchez plus. »

La jeune fille était dans la salle, toute blême et pâle, le 135 gosier enflé par l'arête du poisson. Le vilain se demande comment la guérir, car il voit qu'il faut la guérir ou mourir. « Je suis sûr, se dit-il, que si elle riait, l'arête sortirait du gosier grâce aux efforts qu'elle ferait, car elle n'a pas pénétré dans le corps, il faut faire ou dire quelque chose qui la 140 fasse rire. »

« Sire, écoutez-moi : faites-moi allumer un grand feu, loin de tout le monde ; nous y serons seuls, elle et moi, sans personne d'autre. Vous verrez le résultat et, s'il plaît à Dieu, je la guérirai.

145 – Bien volontiers », répond le roi.

Accourent alors domestiques et écuyers[1] et allument le feu là où le roi l'a commandé. La demoiselle et le médecin sont tous deux dans la salle ; elle, assise près du feu sur un siège qu'on a apporté, tandis que le vilain quitte ses 150 vêtements y compris sa culotte ; il s'allonge près du feu et se met à se gratter tout à son aise. Il avait les ongles longs et une peau dure ; vous ne trouveriez pas un meilleur gratteur au monde.

Quand la jeune fille le voit, malgré la douleur qu'elle 155 éprouvait, elle ne peut s'empêcher de rire et fait de tels

---

1. *Écuyers* : jeunes nobles en apprentissage auprès des chevaliers.

efforts que l'arête lui sort de la bouche pour tomber près du foyer[1]. Tout de suite le vilain se rhabille, saisit l'arête, sort de la salle d'un air triomphant et, dès qu'il voit le roi, s'écrie :

160 « Sire, votre fille est guérie, voici l'arête, Dieu merci !

– Eh bien, maître, sachez que je vous aime plus que tout au monde. Vous m'avez rendu ma fille ; bénie soit votre venue ici. Vous aurez joyaux et vêtements tant que vous voudrez.

165 – Merci, sire, je n'en veux pas, je ne puis rester ici, il faut que je retourne chez moi.

– Non, dit le roi, non. Vous serez mon maître et mon ami.

– Merci, sire. Je n'ai pas de pain à la maison ; on devait 170 charger au moulin, quand je suis parti hier matin.

– On va voir, répond le roi. Battez-le-moi et il restera. »

Ils se jettent sur lui et le rossent si vigoureusement que le vilain se met à crier :

« Je resterai, laissez-moi en paix. »

175 Il reste donc à la cour ; on lui coupe les cheveux, on le rase. Il croit échapper au piège. Les malades du pays, plus de quatre-vingts à ce qu'on dit, viennent tous chez le roi et chacun décrit son état au vilain.

« Maître, dit le roi, prenez soin de ces gens. Vite, guéris-180 sez-les-moi.

– Grâce, fait le vilain, il y en a trop, je vous l'assure. »

Le roi appelle deux valets[2], chacun prend un bâton, sachant bien pourquoi le roi les appelle. Quand le vilain les voit venir, il est terrorisé.

---

1. *Foyer* : feu.
2. *Valets* : domestiques, serviteurs.

185 «Grâce, crie-t-il, je les guérirai!»

Il demande des bûches, on lui en apporte une quantité, il allume un grand feu dans la salle et s'affaire lui-même à le préparer. Puis il fait rassembler là les malades.

«Je vous prie, dit-il au roi, de quitter la salle avec ceux
190 qui n'ont aucun mal.»

Le roi l'accorde et sort avec ses gens.

«Holà, dit le vilain aux malades, il n'est pas facile de vous guérir. Je ne vois qu'un moyen pour obtenir un résultat : choisissez le plus malade d'entre vous, et je le brûlerai
195 dans ce brasier ; vous, les autres, n'aurez qu'à y gagner, vous boirez ses cendres et vous serez aussitôt guéris.»

Ils se regardent les uns les autres, et il n'y a perclus [1] ni enflé [2] qui pour un royaume avouerait qu'il souffre de la plus grave maladie.

200 «Tu me sembles bien faible, dit le vilain au premier qu'il voit, tu es le plus malade de tous.

— Maître, répond l'autre, je suis en parfaite santé.

— Va-t'en donc. Qu'es-tu venu chercher ici ?»

Le malade ne fait qu'un saut et prend la porte.

205 «Es-tu guéri ? lui demande le roi.

— Oui, sire, par la grâce de Dieu ; je suis plus sain qu'une pomme. Ce médecin n'est pas le premier venu.»

Que vous dirais-je de plus ? Il n'y aurait eu petit ni grand qui pour rien au monde aurait consenti à ce que le
210 médecin le pousse dans le feu et tous s'en allèrent, comme s'ils avaient tous été guéris. Quand le roi les vit, il en fut transporté de joie.

---

1. Perclus : personne qui a des difficultés à bouger à cause d'une maladie ou d'une douleur.
2. Enflé : personne qui souffre de gonflements.

«Je me demande avec émerveillement, dit-il au vilain, comment vous avez pu si vite les guérir.

215 – Sire, j'ai eu recours à un sortilège; j'en connais un qui vaut mieux que gingembre et cannelle[1].

– Eh bien, retournez chez vous, quand vous voudrez. Vous aurez vêtements, deniers[2], palefrois et bons destriers[3]. Mais ne vous faites plus battre, car c'est une honte

220 de vous maltraiter.

– Merci, sire, dit le vilain. Je suis votre homme pour toujours.»

Il sort aussitôt de la salle et rentre chez lui.

Il vécut richement dans son pays et ne retourna plus

225 jamais à sa charrue. Il ne battit jamais plus sa femme, mais il l'aima et la chérit. *amar non-abusive après un leçon?*

Tout se passa comme je l'ai dit : grâce à sa ruse et grâce à sa femme il fut un bon médecin sans avoir fait d'études.

---

1. Gingembre et cannelle : épices dont on se servait autrefois pour faire des remèdes.

2. Deniers : pièces de monnaie en argent; unité de base du système monétaire.

3. Destriers : chevaux de bataille, par opposition aux palefrois (voir note 1, p. 19).

La société au Moyen Âge

La société médiévale se divise en trois catégories : ceux qui prient, ceux qui se battent et ceux qui travaillent.

Ceux qui prient sont les membres du clergé, qui œuvrent au salut de la société tout entière : ils incitent les fidèles à bien se comporter, conformément aux préceptes [1] de la Bible. À cette époque, tout le monde croit en Dieu et le christianisme imprègne tous les aspects de la vie quotidienne. Le prêtre est donc un personnage très important, que la population écoute avec respect.

Le roi détient le pouvoir politique, bien que celui-ci se soit grandement affaibli depuis la fin du règne de Charlemagne (742-814). Le territoire est en effet découpé en plusieurs terres, possédées par des seigneurs qui sont liés les uns aux autres par des liens de domination et d'engagement. Ainsi, les seigneurs les plus puissants confient à d'autres châtelains la gestion de certains de leurs fiefs (c'est-à-dire de leurs terres). Ces derniers leur prêtent hommage [2] et s'engagent à les conseiller, à combattre à leurs côtés, ainsi qu'à leur verser une contrepartie financière : ils deviennent leurs vassaux. On parle d'ailleurs de société «féodale», un terme dérivé du mot fief, pour désigner cette organisation, qui prévaut entre les Xe et XIIIe siècles.

Au sein des familles les plus riches, une nouvelle catégorie sociale émerge : les chevaliers qui, une fois adoubés [3], se battent pour protéger le pays et leurs terres. Les chevaliers

---

1. *Préceptes* : règles de conduite.
2. *Prêtent hommage* : jurent fidélité et dévouement absolus.
3. *Adoubés* : armés par le souverain lors d'une cérémonie symbolique.

sont des nobles : leur statut est hérité par lien de « sang »
(par filiation).

On prête traditionnellement à la noblesse un grand nombre
de qualités. On dit ainsi des seigneurs qu'ils sont gentils,
mot qui signifie à l'origine « de bonne famille ». À l'inverse,
ceux qui travaillent, les paysans (qui sont aussi les plus
nombreux), sont appelés « vilains », c'est-à-dire habitants
d'une ferme (en bas-latin, *villa*).

Les Trois Bossus

Seigneurs, si vous voulez me prêter un peu attention, je vous raconterai une belle aventure.

Jadis[1] vivait en un château, peut-être bien à Douai, un bourgeois[2] qui menait une existence aisée. Il avait une fille
5 belle à ravir, je renonce à décrire sa beauté, c'est au-dessus de mes forces. Sans être très riche, ce bourgeois était de bonne compagnie et jouissait d'une bonne renommée dans la ville.

Il y avait aussi dans la ville un bossu, je n'en ai jamais
10 vu de si mal loti[3]. Il était d'une laideur parfaite : énorme tête, hure[4] affreuse, cou très court, larges épaules relevées. Ce serait folie de vouloir donner une idée de sa hideur[5]. Il était l'homme le plus cossu[6] de la ville. Grâce aux biens qu'il avait amassés, ses amis lui avaient obtenu pour
15 femme cette séduisante jeune fille. Mais depuis son

amour par $$$

1. *Jadis* : autrefois, il y a longtemps.
2. *Bourgeois* : habitant d'un bourg. Le synonyme de bourgeois au Moyen Âge est citadin.
3. *Mal loti* : désavantagé par le sort.
4. *Hure* : au sens propre, tête d'animal (comme le sanglier) ; ici, au sens figuré, « tête d'homme hirsute » (c'est-à-dire avec les cheveux hérissés). Ce mot appliqué à un être humain est très péjoratif.
5. *Hideur* : laideur repoussante, affreuse à voir.
6. *Cossu* : riche.

mariage, il n'était pas un seul jour sans souci, si jaloux qu'il était perpétuellement inquiet. Il tenait tout au long de la journée sa porte fermée. Toujours assis sur le seuil de sa maison, il en interdisait l'entrée à tout le monde, à moins
20 qu'on ne lui apporte quelque chose ou qu'on sollicite un emprunt.

À un Noël, trois bossus, des vauriens[1], viennent le trouver en lui disant qu'ils veulent faire la fête avec lui, nulle part ils ne la feraient mieux, puisqu'ils étaient bossus
25 comme lui.

Le maître de maison les fait monter à l'étage où le repas était tout prêt. Ils s'assoient à la table devant un succulent et copieux dîner ; le bossu n'était pas avare[2], ils eurent chapons[3] et pois au lard. Après le repas, leur hôte leur
30 donne à chacun vingt sous de Paris[4] mais leur défend de paraître à l'avenir dans sa maison et sa propriété, car s'ils y sont surpris, ils prendront un terrible bain froid : la maison donnait en effet sur la rivière. Les bossus se retirent, tout joyeux d'avoir passé une bonne journée et leur hôte les
35 quitte pour traverser le pont.

La dame qui les avait entendus chanter et prendre du bon temps les rappelle tous les trois, pour entendre encore leurs chansons, et elle ferme bien la porte. Pendant qu'ils chantent et s'amusent avec la dame, voilà que revient le
40 mari qui ne s'est pas absenté longtemps. Il appelle rageusement à la porte, elle entend son mari, le reconnaissant à

---

1. Vauriens : littéralement, personnes qui ne « valent rien » ; par extension, personnes peu recommandables, sans scrupules ni moralité.
2. Avare : voir note 2, p. 17.
3. Chapons : poulets castrés.
4. Sous de Paris : pièces d'argent qui valent chacune douze deniers (voir note 2, p. 25).

sa voix, mais elle ne sait que faire des bossus ni comment les cacher. Il y avait près de l'âtre[1] un châssis de lit[2] qu'on pouvait déplacer et trois coffres à l'intérieur. Elle met un
45 bossu dans chacun des coffres.

Le mari est entré et s'assoit un court instant près de la dame, puis il descend, sort et s'en va. La dame n'est pas fâchée de voir son mari dans l'escalier : il faut qu'elle se débarrasse des bossus cachés dans les coffres, mais en les
50 ouvrant elle les trouve tous les trois morts, saisie de stupeur à cette découverte. Elle court à la porte d'en bas, hèle[3] un porteur[4] qu'elle a aperçu. Quand l'homme l'entend, il accourt sans tarder.

«Ami, dit-elle, écoute-moi. Si tu me donnes ta parole
55 que tu ne souffleras mot de ce que je vais te dire, tu auras une belle récompense : je te donnerai trente bons deniers[5], l'affaire une fois faite.»

À ces mots, l'homme le lui promet, alléché par l'aubaine[6] et il monte à l'étage.
60 «Mon ami, dit la dame en ouvrant un des coffres, ne vous étonnez de rien. Portez-moi ce mort à la rivière, vous me rendrez un grand service.»

Elle lui tend un sac, il le prend, y fourre d'un seul coup le bossu, le soulève, le prend sur son cou, descend l'esca-
65 lier, court à la rivière, jusqu'au pont, et jette le bossu à

---

1. *L'âtre* : la cheminée.
2. *Châssis de lit* : cadre qui entoure le lit.
3. *Hèle* : appelle à voix haute.
4. *Un porteur* : une personne dont le métier est de transporter (de l'eau, des personnes).
5. *Deniers* : voir note 2, p. 25.
6. *Aubaine* : bonne affaire en vue, possibilité à laquelle on ne s'attendait pas de gagner de l'argent.

l'eau. Sans plus attendre, il revient à la maison. La dame a déjà tiré du lit un autre bossu à grand-peine, jusqu'à en perdre le souffle, puis s'est éloignée un peu du cadavre. Son porteur arrive au pas de course.

70 «Dame, dit-il, à présent payez-moi! Je vous ai bien débarrassée du nain.

– Pourquoi vous moquez-vous de moi, dit-elle, sacré mauvais sujet? Le nain est revenu ici, vous ne l'avez pas jeté à l'eau, vous l'avez ramené avec vous. Si vous ne me 75 croyez pas, le voilà!

– Comment, cent mille diables? Il est revenu ici? J'en suis abasourdi[1]. Il était mort pourtant! C'est un diable de l'enfer, mais, par saint Rémi, il n'aura pas le dessus!»

Il saisit alors l'autre bossu, le met dans le sac, le prend 80 sur son cou sans effort et quitte la maison. Tout aussitôt la dame tire le troisième du coffre et l'allonge près du feu. Le porteur, lui, lance à l'eau son bossu, la tête la première.

«Allez, crie-t-il, soyez maudit, si vous revenez.»

Et le voici de retour chez la dame pour être payé et elle 85 accepte sans discussion de bien le dédommager. Elle le mène alors à l'âtre, comme si elle ne savait rien du troisième bossu qui était couché là.

«Voyez, dit-elle, un vrai miracle! Qui a jamais entendu dire le pareil? Revoilà le bossu!»

90 L'homme n'a pas le sourire aux lèvres, quand il le voit allongé près du feu.

«Eh, par le saint cœur de Dieu, a-t-on jamais vu un vaurien de cette espèce? Je ne ferai donc aujourd'hui que porter ce vilain bossu! Je le trouve toujours revenu ici, 95 après l'avoir jeté à l'eau!»

---

1. *Abasourdi* : stupéfait.

Il met le troisième bossu dans le sac, le cale sur son cou, en sueur de colère et de rage. Il refait le chemin et balance son fardeau dans l'eau.

« Va-t'en, dit-il à ce maudit démon. Je t'aurai charrié[1] 100 combien de fois aujourd'hui ! Si je te vois encore revenir, tu le regretteras. Je crois que tu m'as eu par un tour de magie, mais, par Dieu, à partir de maintenant si tu suis mes pas et si je trouve un bâton ou une trique[2], je te flanquerai un coup sur la nuque qui te laissera un bandeau 105 tout rouge. »

À ces mots il refait le trajet jusqu'à la maison, mais avant de s'engager dans l'escalier, il regarde derrière lui et voit le mari qui revient chez lui. Le pauvre homme prend la chose au sérieux et se signe[3] trois fois :

110 « Au nom du Seigneur Dieu, à l'aide ! Il est enragé, ma foi, de me suivre si près de mes talons, il va presque me rattraper. Par saint Morand, il me prend pour un imbécile ; j'ai beau le porter, il tient à me narguer en revenant derrière moi. »

115 Il court pour saisir de ses deux poings un gourdin[4] qu'il voit suspendu à la porte, puis regagne l'escalier, tandis que le mari s'apprête à monter.

« Comment, monsieur le bossu, vous êtes de retour ! Quel entêtement, ma parole ! Mais, par le corps de sainte 120 Marie, vous n'avez pas eu de chance de revenir dans ces parages. Vous me prenez pour un crétin ! »

Il lève alors le bâton, lui en assène un coup si violent sur sa grosse tête qu'il lui répand la cervelle sur le sol, il

---

1. *Charrié* : transporté.
2. *Une trique* : un gros bâton utilisé pour frapper.
3. *Se signe* : fait le signe de la croix.
4. *Gourdin* : gros bâton utilisé pour frapper. Synonyme de *trique*.

l'abat mort au pied de l'escalier ; puis il le glisse dans le
125 sac dont il ligote l'ouverture avec une corde, se met en
route d'un pas rapide et lance à l'eau le sac qu'il avait bien
ficelé de peur que l'individu ne le suive à nouveau.

« Allez, au fond ! et tant pis pour vous, dit-il. Je suis sûr
maintenant que tu ne reviendras pas, on verra avant les
130 bois refleurir. »

Il va chez la dame, réclame son paiement, puisqu'il lui
a scrupuleusement obéi. Sans difficulté elle lui donne son
dû, trente livres[1] tout rond, satisfaite qu'elle est du
marché. Elle se dit qu'elle a fait une bonne journée, mainte-
135 nant qu'elle est débarrassée de son hideux mari, et se voit
heureuse jusqu'à la fin de ses jours. *pas vrai amour*

Durand, l'auteur de ce conte, déclare qu'il n'est pas de
femme qu'on ne puisse avoir avec de l'argent et qu'avec de
bons deniers il est possible de tout avoir.

140 C'est ainsi que le bossu épousa la dame. Honte à quiconque a le culte de l'argent et lui accorde la première
place.

---

1. Livres : ancienne unité de monnaie. La livre vaut vingt sous (voir note 4,
p. 30).

Beauté et laideur dans la littérature du Moyen Âge

Dans la littérature médiévale, les critères de beauté sont liés aux caractéristiques de la noblesse. Pour être beau, il faut avoir la peau pâle – signe que l'on ne travaille pas dans les champs –, et être bien en chair – ce qui montre que l'on mange à sa faim. Ces critères s'opposent aux idéaux de beauté de notre époque, bien que ceux-ci soient toujours liés à la richesse (une peau hâlée suggère par exemple que l'on a les moyens de partir en vacances).

Le Moyen Âge stigmatise[1] toute marque de différence. Aussi les personnes dotées d'un trait physique rare sont-elles systématiquement jugées laides. C'est le cas des personnes rousses, dont on pense qu'elles ont été marquées par le diable !

Dans les œuvres de fiction, l'aspect extérieur reflète très souvent l'âme du personnage : s'il est laid, il sera forcément méchant et, inversement, s'il est beau, il aura beaucoup de qualités. Voilà pourquoi les bossus du fabliau ci-contre meurent sans que les autres protagonistes s'en émeuvent. Aujourd'hui encore, la littérature et le cinéma mettent souvent en scène des héros au physique avantageux, comme si la bonté et la beauté allaient nécessairement de pair.

---

1. *Stigmatise* : condamne.

La Bourgeoise d'Orléans

Je vais vous dire une très agréable aventure, d'une bourgeoise[1] née et élevée à Orléans. Son mari était d'Amiens, un bourgeois immensément riche. Il connaissait tous les tours et toutes les chicanes[2] du commerce et de l'usure[3], 5 et ce qu'il tenait dans ses mains, il le tenait bien.

Dans la ville étaient arrivés pour faire leurs études quatre nouveaux clercs[4], portant leur sac comme des portefaix[5]. Ils étaient gros et gras et faisaient bonne chère sans restriction ; ils étaient très estimés en ville où ils avaient 10 pris logis.

L'un d'eux, fort prisé[6], était reçu dans la maison du bourgeois ; il avait une réputation de courtoisie[7] et la dame se plaisait en sa compagnie. Tant il y vint, tant il y alla que

---

1. Bourgeoise : voir note 2, p. 29.

2. Tous les tours et toutes les chicanes : tous les secrets.

3. Usure : intérêt que l'on perçoit lorsqu'on prête de l'argent, très mal vu au Moyen Âge. Cet aspect rend le mari de la bourgeoise immoral.

4. Clercs : hommes d'Église, membres du clergé (dans la religion chrétienne, le clergé désigne l'ensemble des personnes qui ont une fonction religieuse) ; plus généralement, hommes instruits, car toute instruction était dispensée par l'Église. Ici, les clercs sont des étudiants.

5. Portefaix : personnes dont le métier est de porter un fardeau, une lourde charge.

6. Fort prisé : très estimé, apprécié.

7. Courtoisie : attitude polie et raffinée.

le bourgeois décida de lui donner une leçon, par son
15 accueil ou en paroles, si l'occasion se présentait de le tenir
à sa merci [1].

Avec lui vivait sa nièce qu'il avait recueillie depuis longtemps ; il l'appela en secret et lui promit une tunique, si elle
acceptait d'épier [2] ce manège [3] et de lui dire toute la vérité.
20 L'écolier avait tant pressé la bourgeoise qu'elle consen-
tit volontiers à ses désirs. La jouvencelle [4] tendit si bien
l'oreille qu'elle apprit comment les suspects avaient
machiné leur plan.

Elle alla trouver le bourgeois sans tarder et lui révéla
25 leur accord : la dame devait faire signe à son ami, quand
son mari serait en voyage ; il viendrait à la porte fermée du
verger [5] qu'elle lui avait indiquée, elle s'y trouverait à la
nuit noire.

Heureux d'être mis au courant, le bourgeois alla trouver
30 sa femme.

«Dame, dit-il, je dois m'absenter pour mon commerce ;
gardez la maison, ma chère amie, comme doit le faire une
femme honnête. Je ne sais pas quand je serai de retour.

– Sire, dit-elle, soyez tranquille.»
35 Le bourgeois fait préparer ses charretiers [6] et leur dit
que pour gagner du temps dans son voyage il ira gîter [7] à
trois lieues [8] de la ville. La dame, qui ne soupçonne pas la

---

1. *Tenir à sa merci* : tenir dans un état de dépendance.
2. *Épier* : espionner.
3. *Manège* : manière habile d'agir, dans le but de tromper.
4. *Jouvencelle* : jeune fille.
5. *Verger* : parcelle de terre dans laquelle on plante des arbres fruitiers.
6. *Charretiers* : personnes qui conduisent une charrette.
7. *Gîter* : se loger.
8. *Trois lieues* : environ 12 kilomètres ; la lieue est une ancienne unité de
mesure de distance valant près de 4 kilomètres.

ruse, avertit le clerc. Le mari qui a l'intention de les surprendre loge ses gens [1], puis se rend à la porte du verger à
40 la tombée de la nuit. La dame court à sa rencontre en catimini [2], lui ouvre la porte et l'accueille dans ses bras, pensant que c'est son ami. Son espoir va être déçu !

« Soyez le bienvenu », dit-elle.

L'autre se garde de parler à haute voix et lui rend son
45 salut à voix basse. Ils vont sans se presser à travers le verger et le mari tient sa tête baissée. La bourgeoise se penche un peu, le regarde sous son capuchon, s'aperçoit de la fourberie [3] et découvre que son mari lui a tendu un piège. Dès qu'elle en est sûre, elle songe à le duper [4] à son tour : la
50 femme a de meilleurs yeux qu'Argos [5], sa ruse a trompé les plus sages depuis le temps d'Abel [6].

« Seigneur, dit-elle, je suis heureuse de vous avoir et de vous tenir dans mes bras. Je vous donnerai de l'argent qui vous permettra de récupérer vos gages [7], si vous tenez bien
55 secrète notre affaire. Allons tout tranquillement. Je vous cacherai dans un grenier dont j'ai la clé, vous m'attendrez là gentiment, jusqu'à ce que nos gens aient mangé et quand ils se seront tous couchés, je vous mettrai dans mon lit : personne ne saura notre manigance [8].

---

1. *Gens* : domestiques.

2. *En catimini* : en cachette.

3. *Fourberie* : tromperie.

4. *Duper* : tromper.

5. *Argos* : géant mythologique aux cent yeux dont cinquante restaient toujours ouverts.

6. *Abel* : frère de Caïn et fils d'Adam. Le *temps d'Abel* renvoie aux origines de l'humanité.

7. *Gages* : objets garantissant le paiement d'une dette.

8. *Manigance* : action secrète faite pour tromper quelqu'un.

60   – Dame, c'est parfait. »

Dieu, comme il était loin de deviner ses intentions !
L'ânier[1] a son idée et l'âne en a une tout autre. Le mari va
avoir une bien mauvaise cachette ! Quand sa femme l'a
enfermé dans le grenier à double tour, elle revient à la
65 porte du verger, elle y reçoit son ami qui s'y trouvait,
l'embrasse, lui jette les bras au cou et le couvre de baisers.
Le second visiteur est, je crois, plus heureux que le premier.
La dame laisse le butor[2] se morfondre[3] longtemps dans
son grenier. Tous deux traversent le verger et arrivent à la
70 chambre où les draps sont tout prêts sur le lit ; elle y mène
son ami et le glisse sous la couverture ; il se livre aussitôt
au jeu où l'invite l'amour, il n'en aurait pas voulu d'autre,
pas plus qu'elle qui y prend son plaisir ; longtemps ils se
donnent du bon temps.

75   « Ami, dit-elle, après force étreintes et baisers, restez un
peu ici, attendez-moi, je vais à côté pour faire manger nos
gens, puis nous souperons bien en paix tous deux ce soir.
– Dame, comme vous voudrez. »

Elle s'en va sans se presser jusqu'à la salle où se trouve
80 toute la maisonnée et traite de son mieux ses gens ; le repas
une fois servi, ils mangent et boivent à volonté, puis avant
qu'ils ne quittent leur place, elle leur adresse d'aimables
paroles. Il y avait là deux neveux du mari, un garçon pour
apporter l'eau, trois chambrières[4], la nièce du bourgeois,
85 deux vauriens[5] de valets[6] et un garnement[7].

---

1. Ânier : personne qui conduit un âne.
2. Butor : grossier personnage, imbécile.
3. Se morfondre : se tourmenter, s'inquiéter.
4. Chambrières : femmes de chambre.
5. Vauriens : voir note 1, p. 30.
6. Valets : voir note 2, p. 23.
7. Garnement : synonyme de **vaurien**.

« Seigneurs, fait-elle, que Dieu vous garde. Écoutez ce que j'ai à vous dire. Vous avez vu venir ici dans cette maison un clerc qui ne me laisse pas tranquille ; depuis longtemps il me courtise[1], je l'ai trente fois éconduit[2]. Quand j'ai vu que je n'arriverais à rien, je lui ai promis de faire son plaisir et sa volonté, quand mon mari serait en voyage. À cette heure il est parti, que Dieu le conduise ! J'ai bien tenu ma promesse au clerc qui m'importune chaque jour. Le voici arrivé à ses fins : il m'attend là-haut dessus à l'étage. Je vous donnerai un tonnelet[3] du meilleur vin qui soit, à condition que je sois vengée. Allez le rejoindre au grenier et rossez-le[4] à coups de bâton, qu'il soit couché ou debout. Donnez-lui tant de coups à l'aveuglette qu'il n'ait jamais plus l'idée de courtiser une femme de bien. »

Quand les gens de la maison apprennent la chose, ils bondissent tous d'un seul élan. L'un prend un bâton, un autre une perche, un autre un gros et solide pilon[5]. La bourgeoise leur donne la clé. Qui aurait pu compter les coups, je le tiendrais pour un bon comptable !

« Ne le laissez surtout pas sortir, mais attaquez-le dans le grenier.

— Par Dieu, font-ils, fripouille[6] de clerc, on va vous administrer une bonne correction. »

L'un d'eux le renverse à terre et le saisit à la gorge, il le serre si fort avec son capuchon[7] que le malheureux ne peut

---

1. *Il me courtise* : il me fait la cour, il tente de me séduire.
2. *Éconduit* : repoussé.
3. *Tonnelet* : petit tonneau.
4. *Rossez-le* : voir note 2, p. 21.
5. *Pilon* : instrument servant à écraser.
6. *Fripouille* : personne sans scrupules.
7. *Son capuchon* : sa capuche.

souffler mot. Ils lui réservent un généreux accueil et ne sont pas avares[1] de leurs coups. Pour cent marcs[2] il n'aurait pas eu son haubert[3] mieux fourbi[4] ! À plusieurs reprises ses deux neveux s'emploient à bien cogner, et dessus et 115 dessous. Il ne lui sert à rien de crier pitié ; ils le traînent dehors comme un chien crevé et le jettent sur un tas de fumier[5], puis ils rentrent à la maison.

Ils ont là à profusion d'excellents vins, des meilleurs du logis, des blancs, des auxerrois, comme s'ils avaient été 120 des rois. Avec des gâteaux, du vin, une blanche nappe de lin et une grosse chandelle de cire, la dame reste en galante compagnie toute la nuit, jusqu'au jour. Au moment de se séparer, dans un élan d'amour elle donne à son ami dix marcs et l'invite à revenir toutes les fois qu'il pourrait.

125 Étendu sur le fumier, le mari finit par retrouver ses mouvements et se mit à la recherche de ses vêtements. Quand ses gens le virent rossé de la sorte, ils en eurent de la peine et tout ébahis[6] lui demandèrent comment il allait.

«Mal, dit-il, mal ! Reportez-moi chez moi et ne me 130 posez plus de questions. »

Ils le relèvent sur-le-champ. Mais ce qui le console et chasse ses tristes pensées est de savoir sa femme si fidèle. Tout son malheur ne compte pour rien et il se dit que, s'il se rétablit, il la chérira toujours.

---

1. *Avares* : voir note 2, p. 17. Ici, il ne s'agit pas d'argent : ce sont leurs coups qu'ils distribuent sans compter.
2. *Cent marcs* : le marc est une monnaie d'or ou d'argent au poids de huit onces de Paris, soit 244,5 grammes.
3. *Un haubert* : une chemise de mailles métalliques qui protège la tête, le cou et la poitrine.
4. *Fourbi* : nettoyé, préparé.
5. *Fumier* : mélange plus ou moins fermenté de déjections animales.
6. *Ébahis* : abasourdis, stupéfaits.

135   Il rentre à la maison, et dès que la dame l'aperçoit, elle lui prépare un bain aux bonnes herbes et le guérit de ses blessures ; elle lui demande ce qui est arrivé.

«Dame, fait-il, j'ai dû passer un mauvais quart d'heure, on m'a brisé les os.»

140   Les gens de la maison lui racontent alors comment ils ont arrangé le vaurien de clerc et comment la dame le leur a livré.

«Ma foi, elle s'est débarrassée de lui en femme honnête et avisée [1].»

145   Sa vie durant il n'eut plus à lui adresser le moindre reproche et lui fit confiance. Quant à elle, elle ne cessa de faire l'amour avec son ami, chaque fois que son mari voyageait dans la région.

---

1. *Avisée* : intelligente.

Les femmes au Moyen Âge

Dans la société médiévale, la femme n'a aucune indépendance et demeure soumise tout au long de sa vie à son père, puis à son mari. Les mariages sont arrangés entre les familles et les unions permettent avant tout d'accroître la richesse et la puissance des deux parties. Le fabliau du « Vilain Médecin » (p. 17-25) le montre bien : le chevalier ruiné donne sa fille au riche vilain, car il n'a pas les moyens de la marier à un noble, et la jeune femme n'a pas son mot à dire.

Dans la société féodale (et dans les époques qui suivent), on attend principalement de la femme mariée qu'elle donne naissance à des héritiers. La fidélité devient la vertu suprême, le mari étant le seul garant de la pureté du lignage[1]. Les hommes ont ainsi une terrible crainte d'être trompés : ils surveillent étroitement leurs épouses et n'hésitent pas à les enfermer ou à les battre.

Dans les fabliaux, les femmes opposent à la domination injuste et à la violence physique des hommes la finesse de leur esprit : elles trompent leurs maris et se vengent de ceux qui les maltraitent. C'est le cas dans « Les Trois Bossus » (p. 29-34) ou dans « La Bourgeoise d'Orléans » (p. 37-43). Les romans de chevalerie présentent quant à eux un autre rapport de force : la femme est mise en valeur et l'homme se soumet aux désirs de cette dernière. C'est ce qu'on appelle la littérature courtoise, très appréciée au Moyen Âge.

---

1. *Le lignage* : les personnes qui descendent d'un ancêtre commun.

Le prêtre qui fut pris
au lardier[1]

Je veux vous raconter une histoire qui fuit la vulgarité et seulement pour vous faire rire d'un nommé Nicolas. Il avait eu le tort d'épouser une très belle femme et il eut à le regretter, car elle eut une liaison avec un prêtre, un joli
5 garçon. Mais le savetier[2] s'en tira à son avantage.

Quand Nicolas quittait sa demeure, le prêtre arrivait sans perdre de temps; il couchait avec la femme, tous deux prenaient du bon temps; ils s'empiffraient des meilleurs morceaux et n'économisaient pas le vin le plus fort. Le
10 brave savetier avait une fille âgée environ de trois ans, qui savait fort bien parler. Elle dit à son père qui était en train de coudre des souliers :

«Vraiment ma mère n'est pas contente de vous voir si souvent à la maison.

15   – Pourquoi donc, mon enfant? demande Nicolas.

– Parce que le prêtre n'est pas tranquille à votre sujet. Quand vous allez vendre vos souliers aux gens, messire Laurent arrive sans se faire attendre. Il fait venir ici de succulentes[3] nourritures et ma mère confectionne tartes et

---

1. Lardier : meuble ou petit tonneau dans lequel on conserve le lard.
2. Savetier : cordonnier, personne qui fabrique et répare les chaussures.
3. Succulentes : délicieuses.

20 pâtés. Quand la table est mise, on m'en donne tant que j'en veux, tandis que je n'ai que du pain, quand vous ne bougez pas d'ici.»

En entendant ce langage, Nicolas n'a plus de doute : il n'a pas sa femme pour lui seul ! Mais il n'en montre rien 25 jusqu'à un lundi où il lui dit :

«Je vais au marché.

– Allez vite, et qu'il ne vous arrive rien», lui lance-t-elle, alors qu'elle aurait souhaité le voir écorché.

Quand elle pense qu'il est assez loin, elle avertit le 30 prêtre qui arrive tout joyeux. Ils se hâtent de préparer le repas, puis ils font chauffer un bain pour se baigner tous les deux. Mais Nicolas ne se gêne pas pour les surprendre et, seul, revient tout droit chez lui. Le prêtre pensait prendre son bain en toute sécurité. Par une fente[1] dans le 35 mur Nicolas le voit quitter ses vêtements ; il frappe alors à la porte et se met à appeler. Sa femme l'entend et, ne sachant que faire, dit au prêtre :

«Mettez-vous vite dans ce lardier et ne dites pas un mot.»

40 Nicolas assiste à cette scène. La savetière alors l'appelle :

«Soyez le bienvenu, mon mari ! Je savais que vous seriez bientôt de retour. Votre dîner est tout prêt, et tout chaud le bain où vous allez vous baigner. Oui, je l'ai fait préparer 45 avec toute mon affection, car vous menez dure vie chaque jour.

– Dieu m'a accordé son aide, pleinement, mais il me faut tout de suite retourner au marché», dit Nicolas qui a en tête un tour de sa façon.

---

1. Fente : fissure, trou dans le mur.

50   Dans sa cachette le prêtre se réjouit, loin d'imaginer le plan de Nicolas qui fait venir un grand nombre de ses voisins et les fait boire sec.

    «Il me faut, leur dit-il ensuite, charger là-haut sur une charrette ce vieux lardier que voici, je dois le vendre.»

55   Pris de frissons, le prêtre se met à trembler. On fait sur l'heure charger le lardier et on l'emmène au milieu d'une inimaginable cohue[1]. Or le pauvre prêtre, enfermé dans sa prison, avait un frère, personnage important qui était curé[2] dans le voisinage. Apprenant ce qui se passait et tout ce 60 remue-ménage, il se rend sur les lieux, sur sa belle monture. Par une fente du lardier, son frère le reconnaît et se met à l'appeler :

    «*Frater, pro Deo, delibera me*[3] !

    – Holà ! Mon lardier a parlé latin, s'écrie Nicolas en 65 l'entendant. Je voulais le vendre, mais, par saint Simon, il vaut cher, nous le garderons. Nous allons le mener chez l'évêque[4], mais d'abord je le ferai parler ici même ; je l'ai gardé longtemps, il faut que je m'en amuse.

    – Nicolas, lui dit alors le frère du prêtre, si tu veux être 70 toujours mon ami, vends-le-moi, ce lardier, et, je te l'affirme, je t'en donnerai le prix que tu voudras.

    – Il vaut une grosse somme, répond Nicolas, puisqu'il parle latin devant tout le monde.»

    Vous allez voir l'astuce de Nicolas. Pour mieux le 75 vendre, il prend un gros maillet[5], puis jure par Dieu qu'il

---

1. *Cohue* : foule bruyante et désordonnée.
2. *Curé* : prêtre.
3. « Mon frère, pour l'amour de Dieu, délivre-moi. »
4. *Évêque* : personnage haut placé dans la hiérarchie de l'Église ; il est le supérieur des prêtres, des chapelains et des clercs.
5. *Maillet* : marteau à deux têtes.

donnera au lardier un coup tel qu'il sera brisé, s'il ne conti-
nue pas à parler latin. Une énorme foule s'était rassemblée
tout autour; beaucoup pensent que Nicolas est fou, mais
ce sont eux qui le sont. Il jure par saint Paul qu'avec le
80 gros maillet qu'il porte à son cou il mettra le lardier en
pièces. Le malheureux prêtre qui est enfermé à l'intérieur
ne sait que faire et en perd presque la raison : il n'ose ni
se taire, ni parler et se met à invoquer la clémence[1] du roi
du ciel.

85 «Quoi! dit Nicolas. Pourquoi tant tarder? Si tu ne
parles pas tout de suite, maudit lardier, je vais te mettre en
menus morceaux.»

Le prêtre alors n'a plus le courage d'attendre.

«*Frater, pro Deo, me delibera, reddam tam cito*[2].

90 – Les savetiers devraient m'aimer de tout leur cœur,
s'écrie Nicolas, puisque je réussis à faire parler latin à
mon lardier.

– Nicolas, mon bon voisin, dit le frère du prêtre, vends-
moi le lardier. Ce serait folie de le casser; ne me fais pas
95 du tort à ce point.

– Seigneur, dit Nicolas, je m'y engage sur les saintes
reliques[3]; j'en aurai vingt livres[4] de belle monnaie de
Paris; il en vaut bien trente, car il n'est pas peu intelligent.»

---

1. *Invoquer la clémence du roi du ciel* : supplier Dieu de l'aider à
s'échapper.
2. «Mon frère, pour l'amour de Dieu, délivre-moi, je te rembourserai aussitôt
que possible ce qu'il coûtera.»
3. *Saintes reliques* : restes d'un saint (partie du corps, vêtement, objet). Au
Moyen Âge, on rendait un culte aux reliques, qui étaient considérées comme
des objets sacrés, voire magiques.
4. *Livres* : voir note 1, p. 34.

Le prêtre n'ose pas refuser le marché, il va compter
vingt livres pour Nicolas, puis il fait transporter le lardier
dans un endroit où il fait discrètement sortir son frère qui
lui témoigne son affection pour lui avoir évité un grand
scandale en ce besoin. Et Nicolas touche ses vingt livres
grâce à son ingéniosité.

C'est ainsi qu'est délivré messire Laurent. Je crois que
depuis il n'a plus eu envie de faire l'amour avec une femme
de savetier.

De cette histoire je tire une leçon : il est bon de se méfier
des yeux d'un enfant, car le fait fut connu grâce à la fillette
qui était encore toute jeune. Le pire attend même tout haut
prélat[1] qui se frotte à un savetier. Prenez garde, vous les
fringants[2], de ne pas tomber dans un pareil lardier.

---

1. *Prélat* : personne haut placée dans l'Église. Synonyme d'*évêque*.
2. *Fringants* : ici, hommes séducteurs, qui peuvent par conséquent mal se
comporter (par exemple, pousser les femmes à tromper leur mari).

Le clergé

Le clergé rassemble tous ceux qui appartiennent à l'Église catholique. Ils étaient beaucoup plus nombreux au Moyen Âge qu'à notre époque. Le rôle des membres du clergé est d'enseigner aux fidèles le contenu de la Bible et de guider leurs actions, en accord avec les enseignements de la religion. Ils ont une réelle autorité, car ils sont presque les seuls à savoir lire et écrire. De ce fait, ils ont un contact direct avec les textes religieux et leur comportement doit servir d'exemple.

Comme l'armée, le clergé est hiérarchisé et les serviteurs de Dieu n'ont pas tous la même importance dans la société.

Tout au bas de l'échelle ecclésiastique se trouve le CLERC, jeune homme qui effectue des études pour intégrer le clergé.

Puis vient le CHAPELAIN, qui a la charge la moins importante : il officie[1] dans une chapelle, qui peut être une petite église ou un lieu de culte dans une demeure.

Le PRÊTRE (aussi appelé CURÉ ou DOYEN) est à la tête d'une paroisse[2] et instruit les fidèles.

Enfin, l'ÉVÊQUE (aussi appelé PRÉLAT) dirige un diocèse, circonscription géographique correspondant à une ville dans laquelle se trouve une cathédrale. Habilité à prendre la place du seigneur lorsque celui-ci s'absente, il occupe une fonction à la fois religieuse et politique.

Loin de correspondre à l'idéal vertueux qu'ils sont censés incarner, les membres du clergé mis en scène dans les fabliaux ont tous un comportement coupable. Les prêtres

---

1. *Officie* : célèbre une cérémonie religieuse, comme la messe.
2. *Paroisse* : division territoriale confiée à un prêtre.

y sont trompeurs et manipulateurs («Brunain et Blérain», p. 57-59), ils ont des maîtresses et même des enfants («Le Boucher d'Abbeville», p. 67-82), et ont des liaisons avec des femmes mariées («Le Prêtre crucifié», p. 53-55). Lorsqu'ils ne cèdent pas à leurs bas instincts, ils sont ridicules, comme dans «Les Perdrix» (p. 91-94). Pour autant, si les fabliaux utilisent la figure du prêtre pour divertir et amuser, ils ne remettent pas en cause l'autorité de la religion et du clergé.

Le Prêtre crucifié[1]

Je veux commencer une histoire que j'ai apprise de monseigneur Roger, qui était passé maître dans l'art de sculpter des statues et de tailler des crucifix. Loin d'être un apprenti, il y excellait. Mais sa femme n'avait en tête que l'amour d'un prêtre. Son mari lui fit croire qu'il devait aller à un marché pour y porter une statue dont il tirerait, dit-il, de l'argent. La dame l'approuva bien volontiers, elle en fut toute joyeuse. À voir son visage s'éclairer, il comprit aisément qu'elle brûlait de le tromper, comme elle avait l'habitude. Pour cette raison, il chargea alors sur son cou un crucifix et il quitta la maison.

Il alla jusqu'à la ville où il resta pour attendre le moment où il croyait que les deux amants se retrouveraient. Le cœur frémissant de colère, il revint chez lui et, par un trou, il les vit assis en train de manger. Il appela, mais ce fut à contrecœur qu'on alla lui ouvrir la porte. Le prêtre ne savait par où s'enfuir :

«Mon Dieu, dit le prêtre, que ferai-je?

– Je vais vous le dire, fit la dame : déshabillez-vous et allez là-bas dans cette pièce, et étendez-vous parmi les autres crucifix.»

---

1. *Crucifié* : mis en croix. Un *crucifix* est une image, un objet ou une statue représentant Jésus-Christ sur la croix.

Bon gré mal gré, le prêtre obéit, soyez-en sûrs. Il eut tôt fait de se déshabiller et, parmi les statues de bois, il s'étendit comme s'il était l'une d'elles.

25   Le brave homme, ne le voyant pas, comprit vite qu'il s'était réfugié parmi les statues. Mais il fit preuve de beaucoup de sagesse : il mangea et but copieusement, en prenant son temps, avant de bouger. Une fois levé de table, il commença à aiguiser son couteau avec une grosse pierre.

30 Le brave homme était fort et courageux.

«Madame, allumez vite une chandelle et venez avec moi là-bas où j'ai à faire.»

Elle n'osa refuser : elle alluma une chandelle et accompagna son mari dans l'atelier sans perdre une minute. Le

35 brave homme, tout aussitôt, vit le prêtre étendu : il le reconnut parfaitement à voir les couilles et le vit[1] qui pendait.

«J'ai fait un sale travail en sculptant cette statue. Ma foi, j'étais saoul pour y laisser ce machin. Allumez, je vais

40 arranger ça !»

Le prêtre n'osa pas bouger, et ce que je vous dis, c'est la vérité : il lui coupa le vit et les couilles sans rien lui laisser ; il lui coupa absolument tout. Quand le prêtre se sentit blessé, il prit la fuite, et notre brave homme, tout

45 aussitôt, de crier à tue-tête[2] :

«Seigneurs,   arrêtez   mon   crucifix   qui   vient   de m'échapper !»

Le prêtre rencontra alors deux gaillards[3] qui portaient une cuve. Il aurait mieux valu pour lui être en Arles, car il

---

1. *Vit* : sexe de l'homme.
2. *À tue-tête* : d'une voix très forte.
3. *Gaillards* : hommes forts.

50 y avait un voyou qui tenait en main un levier[1], et qui l'en
frappa sur le cou, l'abattant dans un bourbier[2]. Après qu'il
l'eut abattu, voici que survint notre brave homme qui
l'emmena dans sa maison : il lui fit payer aussitôt une
rançon de quinze livres[3] sans lui faire grâce d'un denier[4].

55 Cet exemple nous démontre qu'aucun prêtre, pour rien
au monde, ne devrait aimer la femme d'autrui, ni rôder
autour d'elle, quelle que soit la personne en cause, de peur
d'y laisser les couilles ou un gage, comme ce fut le cas de
ce prêtre Constant qui y laissa ses pendants[5].

adultère = mauvais encore

---

1. *Un levier* : une barre qui sert à soulever un poids, une charge.
2. *Bourbier* : creux rempli de boue.
3. *Livres* : voir note 1, p. 34.
4. *Denier* : voir note 2, p. 25.
5. *Ses pendants* : son sexe.

Brunain et Blérain

Je conte l'histoire d'un vilain[1] et de sa femme.

Un jour, pour la fête de Notre-Dame, ils allèrent prier à l'église. Le prêtre vient avant l'office[2] prononcer son sermon[3] : il dit qu'il fait bon donner pour Dieu, que c'est
5 un acte raisonnable, que Dieu rend au double à qui donne de bon cœur.

«Entends-tu, ma chère, fait le vilain, la promesse de notre curé[4]? Qui donne pour Dieu de bon cœur reçoit deux fois plus. Nous ne pouvons mieux employer notre
10 vache, si tu es d'accord, que de la donner pour Dieu au curé; d'ailleurs elle produit peu de lait.

– À cette condition, répond la femme, je veux bien qu'il l'ait.»

Ils retournent alors à leur maison. Sans faire de longs
15 discours, le vilain entre dans son étable[5], prend la vache par le licou[6] et va la présenter au doyen[7], un homme habile et madré[8].

---

1. Vilain : voir note 1, p. 17.

2. Office : dans la religion catholique, cérémonie de la messe.

3. Sermon : discours prononcé par le prêtre pour instruire les fidèles.

4. Curé : voir note 2, p. 47.

5. Étable : bâtiment dans lequel on loge les animaux (ici, les vaches).

6. Licou : harnais que l'on munit d'une chaîne pour attacher ou mener les bêtes (vaches, chevaux, etc.).

7. Doyen : ici, synonyme de prêtre.

8. Madré : rusé.

«Cher seigneur, fait l'autre, les mains jointes, en jurant qu'il n'a pas d'autre bien, pour l'amour de Dieu, je vous
20 donne Blérain.

– Ami, tu viens d'agir en sage, dit le prêtre dom Constant, qui pour prendre ne manque jamais une occasion. Retourne en paix, tu as bien fait ton devoir. Ah, si mes paroissiens[1] étaient aussi sages que toi, j'aurais abon-
25 dance de bêtes !»

Le vilain quitte le curé qui commande aussitôt qu'on fasse, pour l'apprivoiser, lier Blérain avec Brunain, sa propre vache, une belle bête. Le prêtre la mène en leur jardin, trouve leur vache et les attache toutes deux
30 ensemble, puis il les laisse toutes deux là et revient chez lui. La vache du prêtre se baisse pour paître[2], Blérain s'y refuse, elle tire la longe si fort qu'elle entraîne Brunain hors du jardin. Elle l'a tant menée à travers les maisons et les champs de chanvre[3] qu'elle regagne son étable avec la
35 vache du prêtre qu'elle a beaucoup de mal à traîner. Le vilain regarde et la voit, tout joyeux.

«Ah, fait-il, chère femme, vraiment Dieu rend bien au double, car Blérain revient avec une autre vache, une grande vache brune. Nous en avons maintenant deux au
40 lieu d'une, notre étable sera bien petite !»

Par cet exemple ce fabliau nous montre que fol[4] est qui ne se soumet. Celui-là est riche à qui Dieu fait des dons, et non celui qui cache et enfouit ses biens. Nul ne peut faire

---

1. Paroissiens : dans la religion catholique, fidèles d'une **paroisse** (voir note 2, p. 50).
2. Paître : brouter l'herbe.
3. Chanvre : plante utilisée pour fabriquer des textiles.
4. Fol : fou.

fructifier son avoir[1] sans grande chance, c'est la première
condition. Par chance le vilain eut deux vaches et le prêtre
aucune. Tel croit avancer qui recule.

---

1. *Faire fructifier son avoir* : accroître, augmenter ce que l'on possède.

Le Testament de l'âne, par Rutebeuf[1]

Celui qui veut vivre honorablement selon le monde et imiter la vie de ceux qui ne cherchent qu'à s'enrichir, rencontre dans le monde force ennuis[2], car il ne manque pas de médisants[3] qui, pour un oui pour un non, lui causent
5 du tort. Le monde est aussi rempli d'envieux[4], si beau et si gracieux qu'on soit : si l'on a dix convives[5] à table, il y en aura six de médisants et neuf d'envieux. Par-derrière, ils n'ont que mépris pour lui, et par-devant ils le couvrent de fleurs, et chacun de lui faire des courbettes[6]. Comment ne
10 serait-il pas envié de ceux qui ne retirent aucun avantage de son train de vie, quand il l'est de ses convives qui ne lui sont ni fidèles ni loyaux ? C'est impossible, voilà la vérité.

Je vous le dis à propos d'un prêtre qui disposait d'une bonne paroisse[7] et qui avait mis toute son application à
15 accumuler revenus et biens : il y avait consacré toute sa

---

1. *Rutebeuf* : auteur français du XIIIe siècle.
2. *Force ennuis* : beaucoup de problèmes.
3. *Médisants* : personnes qui disent du mal des autres.
4. *Envieux* : personnes qui éprouvent de l'envie, jaloux.
5. *Convives* : invités.
6. *Courbettes* : saluts exprimant le respect et la soumission. Le terme est péjoratif car ce geste signale la fausseté.
7. *Paroisse* : voir note 2, p. 50.

science[1]. Il possédait à foison[2] vêtements et deniers[3], et ses greniers étaient remplis de blé qu'il s'entendait à vendre, attendant, pour le négocier, de Pâques jusqu'à la Saint-Rémi[4]. Aucun de ses meilleurs amis n'eût été capable de rien obtenir de lui, à moins qu'on ne l'y contraignît par la force.

Il avait en sa maison un âne, un âne comme on n'en vit jamais, qui vingt ans entiers le servit. Je ne sais pas si jamais j'ai vu un serviteur tel que lui. L'âne mourut de vieillesse après avoir contribué à l'enrichir. Le prêtre l'aimait tellement qu'il n'accepta pas qu'on l'écorchât, et il l'enterra au cimetière. Je laisserai là ce sujet.

L'évêque[5] était bien différent. Loin d'être cupide[6] et avare[7], il était courtois[8] et bien élevé, car, quand bien même il eût été gravement malade et qu'il vît venir un homme de bien, personne n'aurait pu le retenir au lit. La compagnie des bons chrétiens était sa meilleure médecine. Tous les jours, la grand-salle de son palais était pleine, et ses gens n'étaient pas malveillants, mais, quoi que le maître demandât, aucun de ses serviteurs ne s'en plaignait. S'il possédait quelque chose, c'étaient des dettes, parce que, à trop dépenser, on s'endette.

Un jour qu'une nombreuse compagnie entourait l'excellent homme qui était doué de toutes les qualités, on parla

---

1. *Science* : somme des connaissances qu'un individu possède.
2. *À foison* : en grande quantité.
3. *Deniers* : voir note 2, p. 25.
4. *La Saint-Rémi* : le 15 janvier.
5. *Évêque* : voir note 4, p. 47.
6. *Cupide* : qui désire toujours plus d'argent.
7. *Avare* : voir note 2, p. 17.
8. *Courtois* : voir note 1, p. 17.

40 de ces riches clercs[1] et des prêtres avares et chiches[2] qui
n'honorent de leurs dons ni leur évêque ni leur seigneur.
On mit en cause notre prêtre qui était si riche et bien
nanti[3]. On raconta sa vie aussi bien que si on l'avait lue
dans un livre, et on lui attribua une fortune plus grande
45 que trois hommes n'en pourraient avoir, car on en dit bien
plus qu'on n'en trouve au bout du compte.

« Il y a plus, fit l'un d'eux pour faire du zèle[4] : il a fait
une chose dont on pourrait tirer beaucoup d'argent, s'il y
avait quelqu'un pour la dénoncer, et cela mériterait une
50 bonne récompense.

– Qu'a-t-il donc fait ? demanda l'excellent homme.

– Il a fait pire qu'un Bédouin[5] : il a mis en terre bénite[6]
son âne Baudouin.

– Que sa vie soit maudite, fit l'évêque, si cela est vrai !
55 Qu'il soit déshonoré, lui et sa richesse ! Gautier, faites-le
comparaître[7], et nous entendrons les réponses du prêtre
aux accusations de Robert ; et je l'affirme : avec l'aide de
Dieu, si c'est vrai, j'en obtiendrai réparation[8].

– J'accepte qu'on me pende si ce n'est pas la vérité que
60 j'ai dite. De plus, il ne vous a jamais fait de cadeau. »

---

1. *Clerc* : voir note 4, p. 37.
2. *Chiches* : avares (voir note 2, p. 17).
3. *Bien nanti* : pourvu de grands biens.
4. *Faire du zèle* : s'empresser, se dévouer au service d'une cause ou d'une
personne, ou à l'accomplissement d'une tâche.
5. *Bédouin* : Arabe nomade vivant dans le désert.
6. *Terre bénite* : territoire consacré par l'Église ; ici, le cimetière.
7. *Comparaître* : se présenter sur ordre pour s'expliquer sur une faute
commise.
8. *Réparation* : ici, compensation, dédommagement.

Convoqué, le prêtre vient. Le voici : il lui faut répondre à son évêque sur cette affaire pour laquelle il encourt la suspension[1].

«Faux et déloyal ennemi de Dieu, dit l'évêque, où avez-vous mis votre âne ? Vous avez commis envers la sainte Église une grande faute, comme jamais personne n'en entendit parler : vous avez enterré votre âne là où l'on met les chrétiens. Par sainte Marie l'Égyptienne, si l'on peut le prouver et l'établir par des gens de bonne foi, je vous ferai emprisonner, car jamais je n'ai entendu parler d'un tel crime.

– Mon très cher et bon seigneur, répondit le prêtre, on peut dire n'importe quoi, mais je demande un jour de réflexion, car il est juste que je consulte sur cette affaire, si vous le permettez. Ce n'est pas que je cherche à gagner du temps en chicanant[2].

– Je veux bien que vous consultiez, mais je ne me juge pas satisfait si cette histoire est vraie.

– Seigneur, je ne le pense pas. »

Là-dessus, l'évêque quitte le prêtre sans prendre l'affaire à la légère. Le prêtre ne se tourmente pas, car il sait qu'il a une bonne amie : c'est sa bourse qui ne l'abandonne jamais pour faire face à une amende ou à un besoin.

Pendant que le fou dort, le terme[3] arrive. Le terme arriva donc, et le prêtre revint : vingt livres[4] dans une

---

1. *Il encourt la suspension* : il risque de perdre son titre de prêtre durant un certain temps.
2. *En chicanant* : en créant des difficultés à propos d'une chose sans importance.
3. *Le terme* : la fin du délai fixé.
4. *Livres* : voir note 1, p. 34.

Qu'est-ce qu'un fabliau ?

Du latin *fabula* qui signifie « petit récit », un fabliau est une brève histoire en vers généralement composée entre le XIIe et le XIIIe siècle. À l'exception de quelques noms devenus célèbres, tels Bernier ou Rutebeuf, les auteurs des fabliaux – clercs, poètes ou jongleurs – demeurent souvent anonymes. Transmises à l'oral, ces histoires sont retranscrites par des moines sur des parchemins agrémentés d'enluminures aux couleurs vives et de dorures qui viennent « illuminer » le manuscrit.

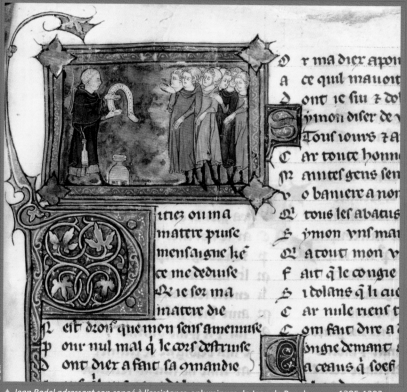

▲ *Jean Bodel adressant son congé à l'assistance*, enluminure de Jean de Papeleu, vers 1285-1292. Auteur de fabliaux, de chansons de geste et de poèmes, dont le recueil *Congés*, Jean Bodel (1165-1210) aurait composé le fabliau « Brunain et Blérain ».

Des contes à rire...

Les fabliaux sont contés en ancien français lors de foires ou de fêtes de village par des jongleurs ambulants du Nord de la France. Les vers favorisent la mémorisation de ces histoires écrites en octosyllabes (vers de huit syllabes). Les jongleurs qui les colportent y mêlent des tours et des mimes pour divertir le public : c'est l'occasion de véritables spectacles de rue.

◀ *Musicien jouant de la flûte et jongleur*, enluminure extraite du *Tropaire* de Saint-Martial de Limoges, XIe siècle.

▼ *Jongleur faisant danser un ours*, enluminure extraite du *Livre d'heures à l'usage de Thérouanne*, vers 1280.

© BnF

© BnF

À travers des histoires d'épouses et d'amants, de valets qui se vengent d'humiliations ou de boutiquiers joués, c'est toute la société médiévale qui se trouve chamboulée dans les fabliaux : le bas prend le pas sur le haut, la femme domine l'homme, l'homme d'Église devient paillard, le seigneur se fait battre par son domestique… un joyeux charivari !

▲ Pieter Bruegel le Jeune (v. 1564-1636), *Kermesse avec théâtre et procession*, 1562, Avignon, musée Calvet.

... et à instruire

Se présentant souvent comme des histoires vraies, les fabliaux donnent à réfléchir. Seigneurs, bourgeois, vilains ou prêtres, les représentants de toutes les classes sociales font les frais de la satire. Les fabliaux nous offrent ainsi un tableau de la vie quotidienne et des mœurs du Moyen Âge.

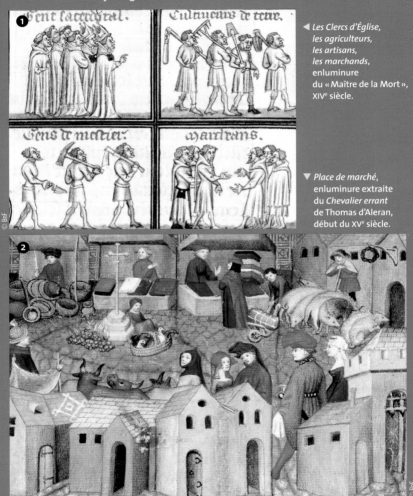

◀ *Les Clercs d'Église, les agriculteurs, les artisans, les marchands,* enluminure du « Maître de la Mort », XIVe siècle.

▼ *Place de marché,* enluminure extraite du *Chevalier errant* de Thomas d'Aleran, début du XVe siècle.

Une leçon de morale conclut les fabliaux. Se trouve alors condamné l'un des sept péchés capitaux – l'orgueil, l'avarice (« Les Trois Bossus »), l'envie, la colère, la luxure, la gourmandise ou la paresse –, à moins que la morale ne soit laissée à l'interprétation de chacun (« Le Boucher d'Abbeville ») ou qu'elle ne prenne un tour inattendu (« Le Vilain Médecin », « Les Perdrix »).

▲ Jérôme Bosch (1450-1516), *La Gourmandise*, détail des *Sept Péchés capitaux*, vers 1500, musée du Prado, Madrid.

Questions

1. Quelles sont les différentes catégories sociales représentées dans les documents 1 et 2 ? À quoi les reconnaît-on ?
2. Dans quels fabliaux du recueil évoque-t-on un marché ?
3. Décrivez précisément chaque personnage du tableau de Jérôme Bosch. Quel est le péché dénoncé ? Quel fabliau du recueil pourrait être illustré par cette toile ?

Les fabliaux en images

Les œuvres ci-dessous pourraient illustrer quelques-uns des fabliaux de ce recueil. Saurez-vous les reconnaître ?

▲ *Cuisson à la broche*, illustration issue de l'édition flamande du *Décaméron* de Boccacce (v. 1432), Paris, Bibliothèque nationale.

◀ *Tonte*, miniature du mois de juin extraite des *Heures à l'usage de Rome*, fin du XVᵉ siècle.

3

▲ *Mari jaloux qui bat sa femme*, miniature issue du *Roman de la Rose* de Guillaume de Lorris et Jean de Meung (v. 1350-1360), Paris, Bibliothèque Sainte-Geneviève.

Questions

1. Quels fabliaux pourraient être illustrés par chacun de ces trois documents ?
2. Décrivez les personnages du document 1. Où et quand se déroule cette scène ? Quels indices le révèlent ?

Du « Vilain Médecin »
au *Médecin malgré lui* de Molière

Les fabliaux du Moyen Âge ont inspiré des fables à Jean de La Fontaine (1621-1695) et des farces à Molière (1622-1673). L'une des pièces de ce dernier, *Le Médecin malgré lui* (1666), comporte de nombreux points communs avec l'histoire du « Vilain Médecin ». Dans les deux cas, une femme cherche à se venger de la maltraitance de son mari en faisant croire qu'il est médecin, et celui-ci parvient à soigner la fille d'un riche seigneur malgré lui.

Création Studio Flammarion

© Daniel Cande Photo © BnF

▲ Lucinde, Sganarelle (le faux médecin, au premier plan) et Géronte (le père de Lucinde) dans la mise en scène du *Médecin malgré lui* par Dario Fo, à la Comédie-Française (1990).

bourse, en argent comptant et de bon aloi[1], voilà ce qu'il apporta avec lui. Il n'avait pas à redouter la faim ni la soif. Quand l'évêque le vit venir, il ne put s'empêcher de l'interroger :

90 «Prêtre, vous avez pu consulter, vous qui avez perdu votre raison.

– Oui, monseigneur, j'ai bien consulté ; mais, quand on consulte, il ne faut pas se battre. Vous ne devez pas vous étonner qu'on doive se mettre d'accord en tête à tête. Je
95 veux soulager ma conscience auprès de vous ; et s'il me faut faire pénitence[2] par une amende ou un châtiment corporel, alors corrigez-moi donc.»

L'évêque s'approche de lui si bien qu'il peut lui parler de bouche à oreille. Le prêtre lève la tête : il ne pense pas
100 à ménager son argent qu'il tient sous sa cape, sans oser le montrer à cause des gens. À voix basse, il raconte son histoire :

«Monseigneur, il est inutile de faire de plus longs discours. Mon âne a vécu longtemps, et il m'a assuré la
105 meilleure des protections. Il m'a servi avec zèle, très loyalement, vingt ans entiers. Que Dieu me pardonne ! chaque année il gagnait vingt sous, si bien qu'il mit de côté vingt livres. Ces livres, pour échapper à l'enfer, il vous lègue par testament.

110 – Que Dieu, dit l'évêque, lui remette et lui pardonne ses fautes et tous les péchés qu'il a commis !»

Ainsi que vous l'avez entendu, l'évêque se réjouit que le prêtre ait péché, car il lui apprit ainsi à faire le bien.

---

1. *De bon aloi* : titre légal d'une monnaie d'or ou d'argent. «Aloi» est de la même famille qu'«alliage» : il désigne la pureté de l'argent dont sont faites les pièces.
2. *Faire pénitence* : me repentir.

Rutebeuf nous dit et nous apprend que, lorsqu'on dispose d'argent pour ses affaires, on n'a pas à redouter de funestes[1] chaînes. L'âne resta chrétien – sur ce, je cesse mon récit – car il paya bel et bien son legs[2].

---

1. **Funestes** : qui causent la mort.
2. **Legs** : don fait par testament.

Le Boucher d'Abbeville

Seigneurs[1], prêtez l'oreille à une histoire merveilleuse
que je veux vous raconter : vous n'avez jamais entendu la
pareille. Soyez attentifs à l'écouter ; une parole qui n'est
pas entendue est perdue, c'est la pure vérité.

5   Il y avait à Abbeville un boucher fort estimé de ses voisins. Il n'était ni sournois[2] ni médisant[3], mais sage, courtois[4] et de grand mérite, honnête dans sa profession, et il
venait souvent en aide à son pauvre voisin. Il n'était ni
avide[5] ni envieux.

10   Vers la fête de la Toussaint, le boucher alla au marché
d'Oisemont pour acheter des bêtes, mais il ne fit que
perdre sa peine[6] ; il ne put faire affaire pour des porcs mal
soignés, piteux[7] et sans valeur. Il s'était déplacé pour rien,
car il n'eut pas à dépenser un denier[8]. Le marché terminé,

15 il s'en retourna en ayant bien soin de ne pas s'attarder

---

1. *Seigneurs* : chevaliers rassemblés pour écouter le fabliau qui était raconté
oralement ; le conteur s'adresse ici à eux directement.
2. *Sournois* : hypocrite, qui agit en cachant ses pensées.
3. *Médisant* : voir note 3, p. 61.
4. *Courtois* : voir note 1, p. 17.
5. *Avide* : qui désire ce qu'ont les autres.
6. *Perdre sa peine* : faire des efforts inutiles.
7. *Piteux* : en mauvais état.
8. *Denier* : voir note 2, p. 25.

en route, dissimulant son épée sous sa cape, car le soir commençait à tomber.

Écoutez bien ce qui lui arriva. La nuit le surprit à Bailleul, à mi-chemin de sa demeure. Il faisait noir ; il se
20 dit qu'il ne continuerait pas sa route, mais s'arrêterait à cette ville, redoutant fort que les filous[1] ne le délestent de son argent, et la somme était importante. Il vit une pauvre femme debout sur le seuil de sa maison.

« Y a-t-il en cette ville, lui demanda-t-il, un endroit où je
25 puisse me restaurer en payant ? Car je n'ai jamais aimé dépendre de personne.

— Seigneur, lui répond la bonne femme, par tous les saints du monde, il n'y a de vin dans cette ville, d'après Mile, mon mari, que chez notre curé[2], sire Gauthier. Dans
30 deux tonneaux posés sur les tréteaux qu'il a apportés de Nogentel, il y a toujours du vin prêt à tirer. Allez donc prendre logis chez lui.

— Dame, j'y vais de ce pas, fait le boucher. Que Dieu vous garde !
35 — Ma foi, seigneur, qu'il vous vienne en aide ! »

Le doyen[3] était assis à sa porte, infatué de sa personne[4]. Le boucher le salue.

« Cher seigneur, lui dit-il, que Dieu vous aide, faites-moi la charité de m'héberger, ce sera mérite et bonté de
40 votre part.

---

1. *Filous* : hommes malhonnêtes qui trompent et qui volent.
2. *Curé* : voir note 2, p. 47.
3. *Doyen* : voir note 7, p. 57.
4. *Infatué de sa personne* : orgueilleux, content de lui.

– Brave homme, fait-il, allez demander à Dieu de vous héberger ! Un gueux[1] laïque[2] ne couchera pas chez moi cette nuit, par la foi que je dois à saint Herbert. Vous trouverez toujours quelqu'un pour vous loger en cette ville. 45 Débrouillez-vous, en cherchant bien partout pour trouver un toit, mais sachez que vous ne passerez pas la nuit dans ma maison. D'autres personnes ont retenu mon logis et il n'est pas digne d'un prêtre de recevoir un rustre[3] en sa demeure.

50 – Rustre, seigneur ? Qu'avez-vous dit ? N'avez-vous que mépris pour un homme de peu d'apparence ?

– Oui, parfaitement, j'ai mes raisons. Allez, hors d'ici ! ce serait insultant pour moi.

– Point du tout, seigneur, ce serait plutôt un acte chari-55 table que de m'accueillir à cette heure, car je ne puis rien trouver ailleurs. Je puis vous payer de mes deniers, si vous voulez me vendre un peu de votre vin. Je vous en saurai gré, je vous en serai reconnaissant et je vous l'achèterai volontiers ; j'entends bien ne rien vous coûter.

60 – Par saint Pierre, dit le doyen, vous feriez aussi bien de vous cogner la tête à cette pierre grise. Non, vous ne coucherez pas chez moi.

– Que les diables y habitent, fait le boucher, imbécile de chapelain[4] ! Vous n'êtes qu'un goujat et un malotru[5]. »

65 Il s'en va furieux sans ajouter un mot.

---

1. *Gueux* : personne qui vit dans la misère ; ici, par extension, coquin, personne malhonnête.
2. *Laïque* : qui n'appartient pas à l'Église.
3. *Rustre* : homme grossier et sans éducation.
4. *Chapelain* : voir note 1, p. 18.
5. *Un goujat et un malotru* : un homme grossier, qui manque d'éducation. Les deux mots sont synonymes.

Écoutez à présent ce qui lui arriva. Sorti de la ville, il parvient à une maison délabrée[1] dont tous les chevrons[2] étaient à terre, et rencontre un grand troupeau de brebis. Par Dieu, écoutez cette étonnante histoire! Il s'adresse au
70 berger qui avait gardé depuis sa jeunesse tant de vaches et tant de taureaux.

«Berger, que Dieu t'accorde le bonheur! À qui appartient ce troupeau?

– Seigneur, à notre curé.

75   – Ma parole, est-ce possible?»

Voilà ce que fit le boucher: il déroba[3] si discrètement un mouton que le berger ne s'en aperçut pas; il le berna[4]; l'autre ne vit rien et n'en sut pas davantage.

Sans plus attendre, le boucher jette la bête sur ses épau-
80 les et par une rue solitaire revient à la maison du curé qui n'a rien perdu de sa morgue[5]. Au moment où celui-ci allait fermer sa porte, le boucher lui apporte le mouton.

«Seigneur, lui dit-il, que Dieu vous garde, qui a tout pouvoir sur les hommes.»

85   Le doyen répond à son salut et lui demande à brûle-pourpoint[6]:

«D'où es-tu?

– Je suis d'Abbeville, je viens d'Oisemont, j'ai été au marché, je n'y ai acheté qu'un mouton, mais il a le crou-
90 pion[7] bien gras. Seigneur, hébergez-moi pour cette nuit,

---

1. *Délabrée*: en ruines.

2. *Chevrons*: poutres.

3. *Déroba*: vola.

4. *Il le berna*: il le trompa par la ruse.

5. *Sa morgue*: son arrogance.

6. *À brûle-pourpoint*: brusquement. Ici, cela signifie que le prêtre parle de façon impolie au boucher.

7. *Le croupion*: la partie arrière de l'animal.

vous en avez les moyens. Je ne suis pas chiche ni pingre[1] ;
on mangera ce soir la chair de ce mouton, si cela vous fait
plaisir. J'ai eu bien du mal à le porter, il est gros, il a beaucoup de viande, chacun en aura tout son saoul[2]. »

95 Le doyen est d'accord, en homme qui convoite le bien
d'autrui : il aime mieux un mort qui lui rapporte de
l'argent pour son enterrement que quatre vivants, à ce
qu'il semble.

« Bien sûr, bien volontiers, répond-il ; même à trois je
100 vous logerais de grand cœur. J'ai toujours été empressé à
me montrer courtois et accueillant. Vous m'avez l'air de
commerce agréable[3]. Dites-moi comment vous vous
appelez.

– Seigneur, je me nomme David, c'est mon nom de
105 baptême, lorsque j'ai reçu les saintes huiles et le saint
chrême[4]. Je suis fourbu[5] de ce voyage. Que jamais Dieu ne
voie de ses saints yeux celui à qui appartenait cette bête !
Je voudrais être à présent près d'un bon feu. »

Ils entrent dans la maison là où brûle un bon feu bien-
110 venu. L'homme dépose son mouton et regarde à droite et
à gauche, puis il demande une hache et on la lui apporte ;
il assomme la bête, l'écorche et suspend la peau bien en
évidence.

« Seigneur, dit-il, approchez. Pour l'amour de Dieu
115 regardez-moi comme ce mouton est bien en chair, voyez

---

1. *Chiche*, *pingre* : les mots sont synonymes d'*avare* (voir note 2, p. 17).
2. *Tout son saoul* : plus que nécessaire.
3. *De commerce agréable* : d'agréable compagnie.
4. *Les saintes huiles et le saint chrême* : dans la religion catholique, huiles
employées pour certains sacrements, consécrations ou bénédictions.
5. *Fourbu* : fatigué.

comme il est gras et dodu. Il a pesé lourd, pour l'apporter de si loin. Faites-en ce que vous voudrez ; faites cuire les épaules en rôti et faites-en remplir un plein pot en bouilli pour toute la maisonnée. C'est la plus belle viande qu'on
120 ait vue. Mettez-la à rôtir sur le feu, voyez comme elle est tendre et charnue. Avant qu'on ait le temps de préparer la sauce, elle sera cuite à point.

– Cher hôte[1], faites comme il vous convient, je m'en remets à vous : je ne veux pas m'en occuper.
125 – Alors faites vite mettre la table.

– Tout est prêt, il n'y a plus qu'à se laver les mains et à allumer les chandelles. »

Seigneurs, je ne vous mentirai pas : le doyen avait une amie dont il était si jaloux que chaque fois qu'il recevait
130 un hôte il la reléguait[2] dans sa chambre. Mais ce soir-là il la fit souper à table avec le boucher qui lui montra par son attitude qu'elle était loin de lui déplaire. La dame fait préparer un lit pour le visiteur, un beau et confortable lit, avec des draps blancs, tout fraîchement lavés. Le doyen
135 appelle sa servante :

« Je te recommande notre hôte David, ma belle : qu'il soit traité comme il le désire, que tout soit comme il le souhaite. Grâce à lui nous voilà satisfaits. »

Ils vont alors se coucher, la dame et lui, ensemble sans
140 doute, tandis que le boucher reste auprès du feu ; jamais il n'avait été aussi à l'aise ; il a trouvé bon logis et bel accueil.

« Gentille fille, dit-il à la servante, approche, viens par ici, parle-moi et fais de moi ton ami : tu auras gros à gagner.

---

1. *Hôte* : invité.
2. *Reléguait* : rejetait, exilait.

145   – Taisez-vous, voyons ! Vous dites des bêtises. Mon
Dieu, que les hommes sont malappris[1] ! Laissez-moi tranquille, ôtez[2] donc vos mains. Je ne connais rien à ces
choses-là.

    – Ma foi, tu ferais bien d'y consentir et je vais te dire
150 comment nous tomberons d'accord.

    – Dites, je vous écoute.

    – Si tu veux coucher avec moi, me contenter et satisfaire
mon désir, par Dieu que j'invoque d'un appel sincère, tu
auras la peau de mon mouton.

155   – Taisez-vous, ne parlez plus de cela. Vous n'avez pas
la vertu[3] d'un ermite[4] pour me faire de pareilles proposi-
tions ! Vous n'avez que de mauvaises pensées. Mon Dieu,
comme vous avez l'air bête ! Je consentirais bien à vous
faire plaisir, mais je n'ose pas, vous le diriez demain à ma
160 maîtresse.

    – Mon amie, que Dieu ait pitié de mon âme, jamais de
la vie je ne le lui dirai et je n'irai pas vous dénoncer. »

    Elle lui promet alors d'accéder à ses désirs, elle couche
avec lui jusqu'au lever du jour, puis elle se lève, fait son
165 ménage et va traire ses bêtes. Levé de bonne heure, le
prêtre va à l'église avec son clerc[5] pour chanter et célébrer
l'office[6], tandis que la dame reste endormie. Tout de suite
le boucher s'habille et se chausse en hâte, il en était bien
temps, et va prendre congé de son hôtesse ; il tire le loquet

---

1. *Malappris* : impolis, grossiers.

2. *Ôtez* : enlevez.

3. *Vertu* : ici, le mot est synonyme de chasteté, terme qui signifie s'abstenir
d'avoir des relations sexuelles.

4. *Ermite* : personne qui vit seule, retirée du monde.

5. *Clerc* : voir note 4, p. 37.

6. *Office* : voir note 2, p. 57.

170 et ouvre la porte. La belle dame se réveille, ouvre les yeux, voit son hôte debout devant le bord de son lit. Elle s'étonne, se demandant comment il est venu là et ce qu'il peut avoir en tête.

« Dame, fait-il, je vous remercie. Vous m'avez hébergé à
175 souhait et fait un excellent accueil. »

Il s'approche du chevet, pose sa tête sur l'oreiller, retrousse le drap et voit la belle gorge, toute blanche, la poitrine et les seins.

« Mon Dieu, fait-il, j'assiste à des miracles ! Sainte
180 Marie, le doyen en a-t-il de la chance de coucher tout nu avec une dame comme vous ! Que saint Honorat me protège ! Un roi en serait honoré. Si j'avais la permission et la possibilité de coucher un peu avec vous, je serais ragaillardi et requinqué[1].

185 – Pas de ça ! Éloignez-vous, vous ne dites que des bêtises. Sortez, ôtez votre main. Messire aura bientôt fini de chanter l'office, il se croirait victime d'un sortilège, s'il vous trouvait dans ma chambre ; il ne m'aimerait plus jamais, vous causeriez mon malheur et ma mort. »

190 Mais le boucher la réconforte habilement.

« Dame, fait-il, par Dieu, pitié ! je ne bougerai pas d'ici pour homme qui vive. Même si le doyen arrivait et s'il risquait une parole offensante ou insolente, je le tuerais sur-le-champ, s'il venait grogner en quoi que ce soit. Faites ma
195 volonté et je vous donnerai ma peau de bonne laine, elle coûte très cher.

– Je n'oserai pas à cause des gens, je vous devine si vaniteux[2] que demain vous le crieriez partout.

---

1. *Ragaillardi et requinqué* : de nouveau plein de force.
2. *Vaniteux* : plein d'admiration pour soi-même.

– Dame, vous avez ma promesse. De toute ma vie je
200 ne le dirai à personne, femme ou homme, au nom de tous
les saints qui sont à Rome. »

Il insiste tant et fait tant de promesses que la dame se
donne à lui ; elle lui livre sa personne pour le cadeau de la
peau et le boucher en profite sans scrupule. Quand il en a
205 tiré tout son plaisir, il part, ne désirant pas rester là plus
longtemps, et il va à l'église où le prêtre a commencé sa
lecture liturgique[1] avec son petit clerc. Au moment où il
disait « Ordonne, seigneur… », voilà que le boucher pénètre
dans l'église.

210 « Je vous suis reconnaissant, lui dit-il, de m'avoir si bien
logé et de m'avoir réservé un si bon accueil. Mais je vous
demande une chose que je vous prie de m'accorder : ache-
tez ma peau, vous me délivreriez de mes soucis. Elle a bien
trois livres de laine et, que Dieu m'aide, elle est de bonne
215 qualité. Elle vaut trois sous[2], vous l'aurez pour deux avec
toute ma reconnaissance.

– Cher hôte, bien volontiers, pour vous être agréable.
Vous êtes un bon et franc compagnon, revenez souvent
me voir. »

220 Il lui vend sa peau, lui dit au revoir et s'en va. La femme
du prêtre quitte son lit, elle était fort jolie et mignonne ;
elle vêt[3] une robe verte, bien plissée et à traîne, dont elle
avait raccourci les pans à la ceinture par coquetterie ; ses
yeux étaient clairs et rieurs, elle était belle et séduisante à
225 souhait. Elle s'assied sur une chaise. La servante va vite
prendre la peau, mais sa maîtresse le lui interdit.

---

1. *Lecture liturgique* : lecture de la Bible.
2. *Sous* : voir note 4, p. 30.
3. *Vêt* : enfile.

« Holà, servante, dis-moi donc, qu'as-tu à faire de cette peau ?

– Dame, j'en ferai ce que bon me semble. Je veux la
230 porter au soleil pour faire sécher le cuir, elle est restée trop longtemps ici, en plein passage.

– Non, non, laisse-la là où elle est et va faire ce que tu as à faire.

– Dame, je l'ai fait et je n'ai plus rien à faire. J'étais
235 debout plus tôt que vous.

– Ma parole, va au diable. Je n'admets pas ce langage. Va-t'en d'ici, laisse cette peau tranquille, garde-toi d'y mettre plus longtemps la main et de t'en occuper davantage.

240 – Je n'en ferai rien, je m'en occuperai et j'en userai, puisqu'elle m'appartient.

– Tu prétends que la peau est à toi ?

– Oui, parfaitement.

– Dépose-la et va te pendre ou te noyer dans des
245 latrines [1]. La colère me prend de te voir si prétentieuse. Pute, ribaude [2], pouilleuse [3], va donc t'occuper de ton ménage.

– Dame, vous déraisonnez, quand vous m'insultez à propos de ce que je possède. L'auriez-vous juré sur les reliques [4], elle sera quand même à moi.

250 – Vide ma maison, va ton chemin. Je me moque de tes services, tu n'es qu'une coquine et une imbécile. Même si messire en avait fait le serment, il ne te protégerait plus en cette maison, tellement je t'ai prise en haine.

---

1. _Latrines_ : lieux d'aisance dépourvus de tout confort.
2. _Ribaude_ : débauchée ; le mot est synonyme de celui qui le précède dans le texte.
3. _Pouilleuse_ : couverte de poux, sale, repoussante.
4. _Reliques_ : voir note 3, p. 48.

– Maudit soit, et qu'il se rompe le cou, celui qui désor-
255 mais vous servira. J'attendrai le retour de mon maître et
puis je m'en irai, mais d'abord je me plaindrai à lui à
votre sujet.

– Tu te plaindras ? Sale gloutonne [1], ribaude puante,
bâtarde [2] !

260 – Bâtarde ? Sont-ils légitimes les enfants que vous avez
eus du prêtre ?

– Par la Passion [3], dépose-la, ma peau, sinon tu le paie-
ras cher. Il vaudrait mieux que tu te trouves à Arras qu'ici,
ou même à Cologne. »

265 La dame prend la quenouille [4], lui en assène un coup et
l'autre se met à crier :

« Par la vertu de sainte Marie, cela ne vous portera pas
bonheur de m'avoir battue à tort. La peau sera cher vendue
avant que je ne meure. »

270 Elle éclate alors en sanglots et s'abandonne à son chagrin. Au milieu du vacarme et de la dispute le prêtre entre
chez lui.

« Qu'est-ce ? dit-il. Qui t'a fait cela ?

– C'est ma dame, maître, sans faute de ma part.

275 – Par Dieu, ce n'est pas sans raison ! Dis-moi la vérité,
ne me mens pas.

– Eh bien, maître, c'est à cause de la peau qui est sus-
pendue là près du feu. Vous m'avez ordonné hier soir,

---

1. *Gloutonne* : qui manifeste de l'avidité (voir note 5, p. 67).
2. *Bâtarde* : qui est née hors mariage (le mot est déjà une insulte au
Moyen Âge).
3. *La Passion* : dans la religion catholique, souffrances qui précédent et
accompagnent la mort de Jésus-Christ.
4. *Quenouille* : instrument utilisé pour filer la laine.

quand vous êtes allé vous coucher, de traiter notre hôte
280 David comme il le souhaitait. J'ai obéi à vos ordres, il m'a
donné la peau, c'est la vérité, et je suis prête à jurer sur les
reliques que je l'ai bien méritée. »

À ces mots le doyen comprend que son hôte l'a séduite
en la payant de la peau ; il est furieux, outré de colère, mais
285 n'ose dire ce qu'il en pense.

« Dame, fait-il en s'adressant à sa femme, que Dieu me
garde, vous vous êtes mise dans de mauvais draps. Vous
avez peu d'égards pour moi et vous ne me redoutez guère
pour battre ainsi les gens de ma maison.
290   – Hé, elle voulait avoir votre peau ! Vraiment, si vous
saviez la honte qu'elle m'a jetée à la figure, vous la récom-
penseriez comme elle le mérite : elle m'a reproché vos
enfants. Vous faites preuve de lâcheté en souffrant [1] qu'elle
m'insulte et me déshonore avec son arrogance. Je ne sais
295 ce qu'il en adviendra, mais la peau ne restera pas entre ses
mains. Je soutiens qu'elle ne lui appartient pas.
        – Et à qui donc ?
        – Ma parole, à moi !
        – À vous ?
300   – Oui.
        – Pour quelle raison ?
        – Notre hôte a couché sous notre toit, sur notre matelas
et dans nos draps, n'en déplaise à saint Acheul, si vous
voulez tout savoir.
305   – Chère amie, dites-moi la vérité. Au nom de la fidélité
que vous m'avez promise quand vous êtes venue ici pour
la première fois, cette peau doit-elle vous appartenir ?

---

1. *En souffrant* : en permettant, en acceptant.

– Oui, par saint Pierre l'apôtre.

– Ah, maître, dit la servante, ne la croyez pas. C'est à
310 moi qu'elle a été d'abord donnée.

– Ah misérable, maudite soit votre naissance, vous êtes
enragée. Sortez de ma maison et que l'infamie[1] s'abatte
sur vous, s'écrie la dame.

– Par le saint suaire de Compiègne, dit le prêtre à sa
315 femme, vous avez tort.

– Oh non, car je la hais à mort pour être si menteuse,
cette ribaude, cette voleuse.

– Dame, que vous ai-je volé ?

– Mon avoine, mon orge, mon blé, mes pois, mon lard,
320 mon pain de ménage[2]. Seigneur, quelle lâcheté de votre
part de l'avoir si longtemps supportée ici ! Payez-lui ses
gages et débarrassez-vous-en.

– Dame, dit-il, écoutez-moi. Je veux savoir laquelle de
vous deux a droit à posséder la peau. Dites-moi qui vous
325 l'a donnée.

– Notre hôte à son départ.

– Par les entrailles de saint Martin, il était debout ce
matin avant le lever du soleil.

– Mon Dieu, que vous êtes irrespectueux pour blasphé-
330 mer[3] ainsi de gaieté de cœur ! Il est venu me dire gentiment
adieu au moment de son départ.

– A-t-il assisté à votre lever ?

– Non.

– Quand alors ?

---

1. *L'infamie* : la honte.
2. *Pain de ménage* : pain fait de farine de froment et cuit au four.
3. *Blasphémer* : outrager par des propos injurieux ce qui est sacré.

335 – J'étais encore au lit. Je ne me suis pas méfiée de lui, quand je l'ai vu devant moi. Il faut que je vous explique...

– Et qu'a-t-il dit en prenant congé[1] ?

– Seigneur, vous voulez absolument me prendre en défaut[2]. Il a dit : "Dame, je vous recommande à Dieu",
340 puis il est parti. C'est tout ce qu'il a fait, il n'a rien dit d'autre, il n'a rien demandé qui soit à votre déshonneur. Mais vous vous acharnez à me trouver coupable ; jamais vous ne m'avez fait confiance et pourtant, grâce à Dieu, vous n'avez pu voir en moi qu'une parfaite honnêteté,
345 alors que vous me soupçonnez infidèle, vous qui me tenez prisonnière ; tout amaigrie et sans couleur. Je ne bouge pas de votre maison, vous m'avez mise en cage. J'ai trop été sous votre coupe[3], pour le boire comme pour le manger.

– Hé, espèce de folle, impudente[4] ! Je t'ai nourrie dans
350 l'abondance. Il faut que je me retienne de te rosser[5] ou de te tuer. Je suis sûr qu'il a forniqué[6] avec toi. Dis-moi, pourquoi n'as-tu pas crié ? Il faut nous séparer. Va-t'en, vide ma maison. Je ferai sur mon autel le serment de ne jamais plus coucher dans ton lit, et tout de suite je jure de te mettre dehors. »

355 De dépit le prêtre s'assied, triste, abattu, la mort dans l'âme.

Quand la dame le voit si furieux, elle regrette de lui avoir tenu tête et de l'avoir querellé[7] ; elle a peur qu'il ne

---

1. *En prenant congé* : en partant.
2. *Prendre en défaut* : prouver que quelqu'un est en défaut, c'est-à-dire qu'il a tort.
3. *Sous votre coupe* : sous votre influence.
4. *Impudente* : qui n'a pas de pudeur, effrontée.
5. *Rosser* : voir note 2, p. 21.
6. *Je suis sûr qu'il a forniqué avec toi* : je suis sûr que vous avez eu des relations sexuelles.
7. *De l'avoir querellé* : d'avoir fait éclater une dispute avec lui.

lui fasse des ennuis et elle se retire dans sa chambre. Voici
360 qu'alors accourt le berger qui a compté ses moutons : on
lui en a volé un la veille au soir et il ne sait pas ce qu'il est
devenu. Pressant le pas et se grattant la trogne [1], il arrive à
la maison où le doyen était assis sur un petit banc, tout
échauffé par la colère.

365   «Qu'est-ce, au nom du diable? Sale vaurien [2], d'où
sors-tu? Quoi? Quelle tête tu fais! Fils de cochon,
manant [3], rustre, tu devrais garder tes bêtes. J'ai envie de
te donner un coup de bâton.

    — Seigneur, il me manque un mouton, le plus beau de
370 mon troupeau; je ne sais qui me l'a dérobé.

    — Tu as perdu un mouton? On devrait te pendre pour
les avoir mal gardés.

    — Seigneur, écoutez-moi. Hier soir, quand je suis entré
dans la ville, j'ai rencontré un étranger que je n'avais
375 jamais vu ni dans la campagne ni dans un chemin. Il a
regardé longuement mes bêtes et m'a demandé à plusieurs
reprises à qui ce beau troupeau pouvait bien appartenir.
Seigneur, lui ai-je dit, à notre prêtre. C'est lui qui m'a volé
le mouton, je le crois bien.

380   — Corbleu [4], c'était David, notre hôte qui a couché ici!
Ah, il m'a bien trompé et mystifié [5], lui qui a souillé mon
monde. Il est allé jusqu'à me vendre sa peau, il m'a essuyé
le nez avec ma propre manche! Malheureux que je suis de
n'avoir pas su m'en douter! Il y a chaque jour quelque

---

1. *La trogne* : le visage.
2. *Vaurien* : voir note 1, p. 30.
3. *Manant* : homme grossier, mal élevé.
4. *Corbleu* : juron qui marque l'indignation.
5. *Mystifié* : synonyme de trompé.

385 chose à apprendre, il a fait son gâteau avec ma pâte. Reconnaîtrais-tu la peau ?

— Que dites-vous là ? Bien sûr que je la reconnaîtrai, si je la vois, j'ai gardé ce mouton pendant sept ans. »

Il prend la peau, l'examine ; aux oreilles et à la tête il
390 reconnaît sans peine la peau de sa bête.

« Hé, hé, par Dieu, dit le berger, c'est Cornuiaus, la bête que j'aimais le plus au monde. Il n'y en avait pas d'aussi tranquille dans mon troupeau. Par la foi que je dois à saint Vincent, sur les cent moutons il n'en était pas d'aussi tran-
395 quille, pas un meilleur que lui.

— Venez ici, dame, fait le prêtre, venez que je vous parle, je vous l'ordonne. Et toi, ma servante, approche, viens me parler quand je t'appelle. Quel droit as-tu sur cette peau ?

— Par la fidélité que je vous dois, à vous qui m'êtes cher,
400 je la réclame sans hésitation.

— Et vous, chère dame, qu'en dites-vous ?

— Que Dieu garde mon âme, elle doit à bon droit m'appartenir.

— Elle ne sera ni à vous ni à elle. Je l'ai achetée de mon
405 argent, c'est à moi qu'elle revient : notre hôte est venu me la proposer à l'église, quand je lisais mon psautier[1]. Par saint Pierre, le fidèle apôtre, elle ne sera ni à elle ni à vous, si vous ne l'obtenez par une décision de justice. »

Seigneurs, vous qui savez ce qui est juste et bon, Eus-
410 tache d'Amiens vous prie et vous demande, s'il vous plaît, de rendre ce jugement en toute droiture et loyauté. Que chacun dise son avis : qui doit avoir la peau ? Le prêtre, sa femme, ou la jeune délurée[2] ?

---

1. *Psautier* : livre de psaumes (chants religieux).
2. *Délurée* : effrontée.

Petite histoire des gros mots

Les fabliaux sont écrits dans un style qu'on qualifie de « bas » : ils mettent en scène des gens du peuple qui recourent à un vocabulaire courant, voire grossier et obscène, ce qui contribue au comique de l'histoire. Ainsi, au contraire de la littérature courtoise, les fabliaux peuvent évoquer le corps et ses besoins.

Les traducteurs ont tendance à faire disparaître les gros mots au profit d'un lexique plus acceptable. Dans la version d'origine des « Perdrix » (p. 91-94) par exemple, le mari ne veut pas couper les oreilles du prêtre, il veut, comme dans « Le Prêtre crucifié » (p. 53-55), lui couper « les couilles ». « Le Boucher d'Abbeville » (p. 67-82) donne à voir la diversité des gros mots employés au Moyen Âge. Parmi ces derniers, on trouve notamment :

– « pute », terme que la dame adresse sans embarras à sa servante. Ce mot est de la même famille que « putain » : ils désignent tous les deux une prostituée. Ces synonymes viennent du latin *putidus*, qui signifie « pourri », « puant ». Au Moyen Âge, on disait déjà « fils de pute », mais on disait bien plus souvent « fils de prêtre » (ce qui en dit long sur la réputation de certains membres du clergé !) ;

– « bâtard(e) », insulte qui révèle la peur de l'adultère. Au sens propre, il signifie « qui est né hors mariage » ;

– « forniquer », qui vient du latin *fornicare*, lui-même venant de *fornix* : « voûte » (à Rome, les prostituées se tenaient dans des chambres voûtées). Aujourd'hui, le terme existe mais son emploi a été remplacé par celui de « niquer » (de l'arabe *naka*) ; les deux mots désignent le fait d'avoir des relations sexuelles.

À la manière des traducteurs des fabliaux, on pourra revisiter certains termes grossiers grâce aux moins usités « manant », « gueux » ou encore « malotru » !

La vieille qui graissa la patte[1] au chevalier

Je vais vous raconter une histoire, à propos d'une vieille femme, pour vous amuser.

Cette vieille femme avait deux vaches, dont elle tirait sa subsistance[2]. Un jour que les vaches étaient dehors, le
5 prévôt[3] les trouva dans son pré. Il les fait conduire en sa maison. Quand la vieille apprend la chose, elle va le trouver sans plus attendre et le prie de lui faire rendre ses vaches. Elle le prie et le supplie, mais rien n'y fait : le prévôt reste sourd à ses supplications.

10 «Par ma foi, dit-il, belle vieille, vous paierez d'abord votre écot[4], de bons deniers[5] sortis de votre pot.»

La bonne femme s'en va, triste et abattue, la tête basse, la mine longue[6]. Elle rencontre en route Hersant, sa voisine, et lui conte son affaire.

---

1. L'expression «graisser la patte» désigne le fait de payer quelqu'un pour obtenir quelque chose en échange.
2. *Sa subsistance* : ce qui lui était nécessaire pour vivre.
3. *Le prévôt* : l'officier seigneurial chargé de la justice.
4. *Écot* : impôt.
5. *Deniers* : voir note 2, p. 25.
6. *La mine longue* : avec sur le visage un air qui exprime du dépit.

15   La voisine lui dit qu'elle doit aller parler au chevalier :
il n'y a qu'à lui «graisser la patte» et il lui rendra ses
vaches, sans lui demander rien de plus. La bonne femme,
dans sa naïveté, rentre chez elle et va prendre un morceau
de lard dans sa cuisine, puis se dirige tout droit vers la
20 maison du chevalier.

Celui-ci se promenait devant sa demeure et il se trouvait
qu'il avait mis ses mains derrière son dos. La vieille femme
s'approche de lui par-derrière et se met à lui frotter la
paume de la main avec son lard.

25   Quand le chevalier sent à sa main le contact du lard, il
se retourne et aperçoit la vieille femme.

«Bonne vieille, que fais-tu donc ?

– Sire, pour l'amour de Dieu, miséricorde ! On m'a dit
de venir à vous et de vous graisser la paume : si je pouvais
30 le faire, mes vaches me seraient rendues toutes quittes [1].

– Celle qui t'a appris cette leçon entendait tout autre
chose ; mais tu n'y perdras rien pour autant. On te rendra
tes vaches toutes quittes, et je te donnerai en plus le pré
et l'herbe. »

35   Que les hommes riches et faux tirent la morale de
l'aventure ; ils vendent leur parole et ne font rien honnête-
ment. Chacun se laisse aller à prendre, le pauvre n'a aucun
droit, s'il ne donne.

---

1. *Toutes quittes* : entièrement libres.

Estula[1]

Il y avait deux frères, sans père ni mère pour les conseiller et sans autre compagnie. Pauvreté était leur amie, et elle fut souvent leur compagne. C'est la chose qui tourmente le plus ceux avec qui elle habite : il n'est pire
5 maladie. Les deux frères dont je vous parle vivaient ensemble. Une nuit ils n'en pouvaient plus de soif, de faim et de froid : chacun de ces maux accable souvent ceux que Pauvreté tient en son pouvoir. Ils se mettent à se demander comment ils pourraient se défendre contre Pauvreté qui les
10 tourmente et souvent les accule[2] à la famine[3].

Un homme qu'on disait fort riche habitait tout près de chez eux ; ils sont pauvres, le riche est sot. Dans son jardin il y avait des choux et dans son étable[4] des brebis. Tous deux se dirigent de ce côté : Pauvreté fait perdre son bon
15 sens à plus d'un homme. L'un attache un sac à son cou, l'autre prend un couteau à la main et tous deux se mettent en route. Suivant un sentier, ils sautent d'un bond dans l'enclos ; l'un s'accroupit et coupe des choux sans se gêner ;

---

1. *Estula* : il faut lire : « Es-tu là ? »
2. *Les accule* : les pousse, les réduit.
3. *Famine* : manque de ressources alimentaires qui mène à la mort.
4. *Étable* : voir note 5, p. 57.

l'autre se dirige vers le bercail[1] pour en ouvrir la porte et
20 en vient à bout; il lui semble que son affaire va bien et à
tâtons il cherche le mouton le plus gras.

Mais on était encore debout dans la maison : on entend
la porte du bercail quand elle s'ouvre. Le paysan appelle
son fils :

25 «Va voir au bercail, dit-il, et fais revenir le chien à la
maison.»

Le chien s'appelait Estula. Le garçon y va et crie :

«Estula! Estula!

– Oui, certainement, je suis ici.»

30 Il faisait très obscur, tout noir, si bien que le garçon ne
peut apercevoir celui qui lui a répondu, mais croit vraiment
que le chien a parlé. Sans plus attendre, il revient tout droit
à la maison, transi de peur.

«Qu'as-tu, cher fils? lui dit son père.

35 – Sire, par la foi que je dois à ma mère, Estula vient de
me parler.

– Qui, notre chien?

– Oui, ma parole, et si vous ne voulez pas me croire,
appelez-le et vous l'entendrez répondre.»

40 Le vieil homme sort aussitôt pour assister à cette mer-
veille; il entre dans la cour et appelle Estula, son chien.

«Mais oui je suis là», répond le voleur qui ne se doute
de rien.

Le brave homme est stupéfait.

45 «Par tous les saints et par toutes les saintes, mon fils,
j'ai entendu bien des choses étonnantes, mais jamais la

---

1. *Le bercail* : au Moyen Âge, le mot désigne la bergerie, c'est-à-dire l'endroit
où logent les brebis et les moutons.

pareille ! Va vite, raconte ce miracle au curé[1], ramène-le avec son étole[2] et de l'eau bénite[3]. »

Le garçon se hâte au plus vite et arrive au presbytère[4]. Il ne traîne guère à l'entrée et aborde immédiatement le prêtre.

« Sire, dit-il, venez à la maison ouïr[5] de grandes merveilles ; jamais vous n'en avez entendu de pareilles. Prenez l'étole à votre cou.

– Tu es complètement fou, dit le curé, de vouloir me faire sortir à cette heure ; je suis pieds nus, je ne peux pas y aller.

– Si, vous viendrez, lui répond l'autre, je vous porterai. »

Le curé prend son étole et sans plus de paroles monte sur les épaules du jeune homme qui reprend son chemin, et pour arriver plus vite, prend le sentier que les deux frères avaient emprunté à la recherche de victuailles[6]. Le premier qui est en train de cueillir les choux aperçoit le surplis[7] blanc du curé et croit que son compagnon lui apporte quelque butin.

« Apportes-tu quelque chose ? lui demande-t-il plein de joie.

– Oui, ce qu'il me fallait, fait le garçon, croyant que c'est son père qui lui a adressé la parole.

---

1. *Curé* : voir note 2, p. 47.
2. *Étole* : bande d'étoffe que le prêtre porte autour du cou et qui ressemble à une écharpe.
3. *Eau bénite* : eau qui a été bénie par un représentant de l'Église.
4. *Presbytère* : lieu où habite le prêtre.
5. *Ouïr* : écouter.
6. *Victuailles* : provisions alimentaires.
7. *Surplis* : vêtement que le prêtre porte au-dessus de sa soutane.

– Vite, dit l'autre, jette-le vite à terre, mon couteau est bien aiguisé, je l'ai fait hier affûter[1] à la forge ; je m'en vais lui couper la gorge. »

Quand le curé l'entend, il croit qu'on l'a attiré dans un
75 guet-apens[2]. Il saute à terre des épaules de celui qui n'est pas moins éberlué[3] que lui et qui décampe[4] de son côté. Le curé tombe au beau milieu du sentier, mais son surplis s'accroche à un pieu[5] et y reste, car il n'ose pas s'arrêter pour l'en décrocher. Le frère qui cueillait les choux n'est
80 pas moins ébahi[6] que ceux qu'il a fait fuir : il ignore ce qui se passe. Toutefois il va prendre la chose blanche qu'il voit pendre au pieu et s'aperçoit que c'est un surplis. À ce moment son frère sort de la bergerie avec un mouton et appelle son compagnon qui a son sac plein de choux ; tous
85 deux ont les épaules bien chargées. Sans demander leur reste, ils se mettent en chemin vers leur maison qui est toute proche. Le voleur au surplis montre alors son butin ! Ils plaisantent et rient, de bon cœur, et le rire qu'ils ont depuis longtemps perdu leur est alors rendu.
90 Dieu travaille en peu de temps : tel rit le matin qui pleure le soir, et tel est renfrogné le soir qui au matin retrouve la joie.

---

1. **Affûter** : aiguiser.
2. **Un guet-apens** : une embuscade.
3. **Éberlué** : surpris.
4. **Décampe** : s'enfuit précipitamment.
5. **Pieu** : piquet.
6. **Ébahi** : très étonné.

Les Perdrix[1]

Je veux vous raconter aujourd'hui, au lieu d'un récit imaginaire, une aventure qui est arrivée vraiment à certain vilain[2].

Il prit deux perdrix au bas de sa haie et mit tous ses soins à les faire préparer. Sa femme sut fort bien les apprêter, elle fit du feu, tourna la broche, tandis qu'il s'en fut inviter le curé[3].

Mais il tarde à revenir et les perdrix se trouvent prêtes. La dame les tire de la broche, pince un peu de peau cuite qui reste à ses doigts et, gourmande comme elle était, elle s'en régale. Puisqu'elle en a l'occasion, elle cède à la satisfaction de ses désirs. Elle attaque alors une des perdrix et en mange les deux ailes : si on lui demande plus tard ce que les perdrix sont devenues, elle saura très bien se tirer d'affaire. Les deux chats, dira-t-elle, sont venus, ils me les ont arrachées des mains et ont emporté chacun la sienne.

Elle retourne encore dans la rue, pour voir si son mari ne revient pas. Sa langue se met alors à frémir de convoitise[4] ; elle sent qu'elle va devenir enragée, si elle ne mange

---

1. Perdrix : voir note 3, p. 18.
2. Vilain : voir note 1, p. 17.
3. Curé : voir note 2, p. 47.
4. De convoitise : d'envie.

20 pas un tout petit bout de la seconde perdrix. Elle enlève le
cou, le cou exquis, elle le savoure avec délices : il lui paraît
si bon qu'elle s'en lèche les doigts.

«Hélas! dit-elle, que vais-je faire maintenant? Si je
mange le tout, que dirai-je pour m'excuser? Mais
25 comment laisser le reste? J'en ai trop grande envie… Tant
pis, advienne que pourra, il me faut la manger toute.»

Et elle fait si bien qu'elle la mange toute, en effet.

Le vilain ne tarde guère à rentrer. À la porte du logis il
se met à crier :

30 «Femme! Femme! Les perdrix sont-elles cuites?

– Hélas, mon mari! Tout est au plus mal, les chats les
ont mangées.»

Le vilain passe la porte en courant et se jette sur sa
femme comme un enragé; un peu plus il lui aurait arraché
35 les yeux.

«C'est pour rire! C'est pour rire! se met-elle alors à
crier. Sors d'ici, démon! Je les ai couvertes pour les tenir
au chaud.

– Tant mieux, foi que je dois à saint Ladre, car tu
40 n'aurais pas eu sujet de rire! Allons, mon hanap[1] de bon
bois, ma plus belle et plus blanche nappe! Je vais étendre
mon manteau sous la treille[2], dans le pré, et nous pren-
drons notre repas dehors.

– C'est bon, mais prends ton couteau, il en a grand
45 besoin; va donc l'aiguiser contre la pierre de la cour.»

Le vilain quitte son habit et court, son couteau à la
main. Le curé arrive alors, qui s'en vient pour manger avec

---

1. _Un hanap_ : une coupe de bois qui servait de verre à boire.
2. _Treille_ : tonnelle, abri extérieur recouvert de végétation.

eux ; il entre dans la maison et salue la dame. Mais elle lui donne pour toute réponse :

50 « Fuyez, messire, fuyez ! Je ne veux pas vous voir maltraité. Mon mari est là dehors, qui aiguise son grand couteau. Il dit qu'il vous tranchera les oreilles, s'il peut vous attraper.

– Que me racontez-vous ? dit le curé, nous devons
55 manger ensemble deux perdrix que votre mari a prises ce matin.

– Il vous l'a dit, mais il n'y a ici ni perdrix ni oiseau dont vous puissiez manger. Regardez-le donc là-bas, voyez comme il aiguise son couteau.

60 – Oui, je le vois, et j'ai grand peur que vous ne disiez vrai. »

Et sans demeurer davantage, il s'enfuit à toute allure. Alors la femme se met à crier :

« Sire Gombaud ! Sire Gombaud ! Venez vite !
65 – Qu'as-tu donc ? dit celui-ci en accourant.

– Ce que j'ai ? Tu le sauras bientôt. Mais si tu ne cours bien vite, tu en auras grand dommage ! Voilà le curé qui se sauve avec tes perdrix ! »

Aussitôt le vilain se met à courir et, le couteau en main,
70 essaie de rattraper le curé qui fuit.

« Vous ne les emporterez pas ainsi toutes chaudes, crie-t-il en l'apercevant. Vous me les laisserez, si je vous rattrape. Ce serait être mauvais compagnon que de les manger sans moi. »

75 Le curé regarde derrière lui et voit accourir le vilain ; et le voyant ainsi tout près, couteau en main, il se croit mort et se met à courir de plus belle ; et l'autre court toujours après lui dans l'espoir de reprendre ses perdrix. Mais le

curé a de l'avance, il gagne sa maison et s'y enferme au
80 plus vite.

Le vilain revient au logis et demande à sa femme :

«Dis-moi, femme, comment tu as perdu les perdrix.

– Le curé est venu et m'a demandé d'être assez bonne
pour les lui montrer. Il les regarderait, disait-il, bien volon-
85 tiers. Je l'ai mené tout droit au lieu où je les tenais couvertes pour les garder au chaud. Il a vite fait d'ouvrir la
main, de les prendre et de se sauver avec. Je ne l'ai pas
poursuivi, mais je t'ai tout de suite appelé.

– C'est peut-être vrai», dit le vilain.

90 Ainsi furent bernés Gombaud et le curé.

Ce fabliau vous montre que la femme est faite pour
tromper : avec elle le mensonge devient bientôt vérité, et
la vérité mensonge. Mais je n'en dirai pas plus long.

Le repas au Moyen Âge

Les fabliaux mettent souvent en scène des repas, qui nous renseignent sur la vie quotidienne au Moyen Âge. Le repas médiéval est en effet assez différent du nôtre et varie selon la position hiérarchique qu'on occupe. Les famines étant fréquentes, la profusion ou le manque de nourriture sont associés à des signes de richesse ou de pauvreté. Ainsi, « Le Vilain Médecin » (p. 17-25) a de la nourriture « en abondance », alors que les frères dans « Estula » n'ont rien du tout (p. 87-90). Avant de manger, on se lave systématiquement les mains car on mange avec les doigts (on utilise déjà des cuillères et des couteaux, mais la fourchette n'existe pas encore). La soupe est bue dans des écuelles et les repas sont souvent servis sur un tranchoir – une large tranche de pain qui s'imbibe de sauce et qu'on peut déguster par la suite.

Les nobles mangent beaucoup de viande – on considère qu'elle donne de la force et de l'énergie –, notamment du gibier (cerfs, sangliers, etc.) ou des oiseaux nobles (tels que le héron, le cygne, ou même le paon). Ils ne consomment pas de légumes-racines (comme la rave ou la carotte), car ils considèrent qu'ils ont été souillés par la terre. En revanche, les fruits qui poussent sur les arbres sont appréciés. Le repas de base du paysan est, quant à lui, le plus souvent composé d'une soupe de légumes accompagnée de pain.

Les membres du clergé doivent, en principe, s'abstenir de toute gourmandise et éviter les aliments qui pourraient échauffer[1] les sens et les esprits, comme la viande rouge. C'est pourtant loin d'être le cas dans les fabliaux, où le repas sert d'introduction à la débauche, comme dans « Le prêtre qui fut pris au lardier » (p. 45-49) et « Le Prêtre crucifié » (p. 53-55).

---

1. *Échauffer* : donner chaud et, au sens figuré, conduire à des passions intenses.

DOSSIER

Avez-vous bien lu?

▶ «Le Vilain Médecin» (p. 17)

1. Qu'est-ce qu'un vilain au Moyen Âge ?

2. Pourquoi la fille du chevalier est-elle obligée d'épouser le vilain ?

3. Que craint le vilain de la part de sa jolie épouse ? Que décide-t-il donc de faire ?

4. Que fait sa femme pour se venger de lui ?

5. Comment le vilain guérit-il la fille du roi ? et tous les autres malades ?

6. Sur quoi reposent ses remèdes ?

7. Pensez-vous qu'il soit un bon médecin ?

8. Comment peut-on qualifier ce que la femme a fait subir à son mari ?

▶ «Les Trois Bossus» (p. 29)

1. Qu'est-ce qu'un bourgeois ?

2. Quelle crainte éprouve le bossu à l'égard de sa femme ?

3. Où la femme cache-t-elle les trois bossus ? Quelle macabre découverte fait-elle ensuite ?

4. Comment s'y prend-elle pour que l'homme jette les trois bossus à l'eau ?

5. L'homme fait finalement quelque chose à laquelle la femme ne s'attendait pas : de quoi s'agit-il ?

6. Voici la morale de ce fabliau : « Il n'est pas de femme qu'on ne puisse avoir avec de l'argent [...] avec de bons deniers il est possible de tout avoir. » Quelle partie de cette morale correspond le mieux à l'histoire ?

▶ « La Bourgeoise d'Orléans » (p. 37)

1. À qui le bourgeois donne-t-il la mission d'espionner sa femme ?
2. Quel est le piège qu'il tend à sa femme ?
3. Comment la femme déjoue-t-elle ce piège ?
4. Les gens pensent de la bourgeoise d'Orléans que c'est une « femme honnête » : êtes-vous d'accord ?
5. Relisez la dernière phrase du fabliau : est-ce une morale ?

▶ « Le prêtre qui fut pris au lardier » (p. 45)

1. Qui prévient le mari que sa femme le trompe ?
2. Où se cache le prêtre pour échapper au mari ?
3. Comment le mari réussit-il à tirer profit de la tromperie du prêtre ?
4. Quelle est la morale de ce fabliau ?

▶ « Le Prêtre crucifié » (p. 53)

1. Qu'est-ce qu'un crucifix ?
2. Comment le mari punit-il doublement le prêtre qui a couché avec sa femme ?
3. Que pensez-vous de cette punition ?
4. Quelle a été votre réaction à la lecture de ce fabliau ?

▶ « Brunain et Blérain » (p. 57)

1. Que dit le prêtre aux vilains durant la messe ?

2. Que pourrait-on donner à Dieu, à votre avis ?

3. Que décident de faire les vilains ?

4. En quoi la morale « tel croit avancer qui recule » correspond-elle bien à ce fabliau ?

―――――――――

▶ « Le Testament de l'âne » (p. 61)

1. Quel est le défaut du prêtre qui pousse les gens à le dénoncer à l'évêque [1] ?

2. De quoi le prêtre est-il accusé ?

3. Comment le prêtre réussit-il à se sauver ? De quelle qualité a-t-il fait preuve ?

―――――――――

▶ « Le Boucher d'Abbeville » (p. 67)

1. Comment le prêtre réagit-il la première fois que le boucher lui demande l'hospitalité ?

2. Quelle ruse emploie le boucher pour se faire héberger ?

3. Le boucher se venge du prêtre de plusieurs façons : lesquelles ?

4. Répondez à la question finale : « Qui doit avoir la peau ? Le prêtre, sa femme, ou la jeune délurée ? »

5. Selon vous, quel élément de la vie du prêtre peut sembler étrange ?

―――――――――――――――

1. *Évêque* : voir note 4, p. 47.

«La vieille qui graissa la patte au chevalier»
(p. 85)

1. Que signifie «graisser la patte»?
2. En quoi l'action de la vieille pour récupérer ses vaches est-elle comique?

«Estula» (p. 87)

1. Pourquoi le nom du chien provoque-t-il une situation comique?
2. Avec quoi les voleurs confondent-ils le prêtre?
3. Quelle nouvelle situation comique se produit?

«Les Perdrix» (p. 91)

1. À quel péché la femme succombe-t-elle?
2. Quelle est la première excuse qu'elle donne à son mari pour se justifier? et la seconde?
3. De quelle qualité la femme fait-elle preuve?
4. Quels sont les défauts des autres personnages?

Parlez-vous l'ancien français?

Le tableau ci-dessous donne le début du « Prêtre crucifié » en ancien français et en français moderne. Lisez les deux versions, puis comparez-les en répondant aux questions suivantes.

Ancien français	Français moderne
Un example vueil conmencier	Je veux commencer une histoire
Qu'apris de monseigneur Rogier,	que j'ai apprise de monseigneur Roger,
Un franc mestre de bon afere,	qui était passé maître dans l'art
Qui bien savoit ymages fere	de sculpter des statues
Et bien entaillier crucefis.	et de tailler des crucifix.
Il n'en estoit mie aprentis,	Loin d'être un apprenti,
Ainz les fesoit et bel et bien.	il y excellait.

1. Quelles différences observez-vous entre l'ancien français et le français moderne (orthographe, syntaxe, vocabulaire) ?

2. Complétez le tableau suivant :

Ancien français	Français moderne
Commencier	
Mestre	
Ymages	
Estoit	
n'en estoit mie	

De l'ancien français au français moderne

L'ancien français vient du latin. Après la conquête de la Gaule par Jules César en 52 av. J.-C., les Gaulois (les ancêtres des Français) adoptent la langue des conquérants. La diffusion du christianisme pérennise son influence puisque les lectures et les rites s'effectuent en latin. Mais comme nous, lorsque nous parlons une langue étrangère, nos ancêtres le parlent avec leur accent, ce qui déforme peu à peu la langue d'origine. Les invasions barbares, en particulier celle des Francs qui renversent l'Empire romain, la nourrissent également de leur vocabulaire.

Elle se divise alors en deux : d'une part, une langue savante, réservée à l'élite et au clergé, et d'autre part une langue populaire qui s'en éloigne de plus en plus.

Au IXe siècle, on se rend compte que la langue parlée n'est plus le latin et on la baptise « roman » (de Rome, capitale de l'Empire romain). Comme le mot « roman » a changé de sens aujourd'hui, nous appelons désormais le roman « ancien français ».

La langue évolue toujours à l'oral ; en revanche, à partir du XVIe siècle, on institue des conventions pour la langue écrite. Au Moyen Âge, il n'y a pas encore de règles orthographiques, on peut donc écrire les mots comme on le souhaite. Cette souplesse donne lieu, d'une région à l'autre, à des variations qui ont enrichi la langue française telle qu'on l'écrit et la parle de nos jours.

Voici quelques exemples d'évolutions de mots, du latin au français moderne, en passant par l'ancien français :

Latin	Ancien français	Français moderne
Imaginem	Ymages	Image
Exemplum	Example	Exemple
Magister	Mestre	Maître

Vivre au Moyen Âge

Exercice n° 1

Les fabliaux donnent à voir une version comique et outrée de la société moyennageuse, où la réalité était souvent bien plus sombre que les histoires ne le laissent paraître. Pour chacune des questions suivantes, entourez la bonne réponse en vous aidant des notes de bas de page et des encarts culturels présents tout au long de cet ouvrage.

1. La société du Moyen Âge est divisée en trois catégories, lesquelles ?

    a. Les paysans, les ouvriers, les employés.

    b. Les seigneurs, les paysans, les membres du clergé.

    c. Les riches, les pauvres, les classes moyennes.

2. Au Moyen Âge, on pense que la beauté...

    a. vient de l'intérieur.

    b. vient de la noblesse.

    c. vient de l'aspect physique.

3. Au Moyen Âge, le plus souvent, les femmes...

    a. sont soumises à un homme (le père ou le mari).

    b. sont indépendantes et ne se laissent pas faire.

    c. sont rusées et toujours prêtes à tromper leur mari.

4. Dans la religion catholique, les prêtres...

    a. sont libres de faire tout ce qui leur plaît, y compris avoir des relations avec des femmes mariées.

    b. doivent prier pour le salut des autres et avoir un comportement exemplaire.

    c. doivent boire, manger et manipuler les autres.

Exercice n° 2

Reliez chaque mot à sa définition :

clerc ●	● se disputer
évêque ●	● paysan
vilain ●	● oiseau que l'on peut manger
bourgeois ●	● machine servant à labourer la terre
crucifix ●	● enfant né d'un père inconnu
perdrix ●	● donner des coups
charrue ●	● personne qui vit seule, à l'écart de tous
denier ●	● habitant de la ville
rosser ●	● membre du clergé
paroisse ●	● représentation du Christ sur la croix
ermite ●	● pièce de monnaie
bâtard ●	● haut dignitaire de l'Église
quereller ●	● territoire géographique d'un prêtre

Les textes à l'étude

L'image de la femme dans les fabliaux

Dans la Bible, Ève, la première femme de l'humanité, commet le péché originel en croquant le fruit défendu dans le jardin d'Éden. Par sa faute, les hommes sont chassés du paradis terrestre. Objet de toutes les tentations, le sexe féminin occupe, de ce fait, une place inférieure dans la société médiévale (voir encart, p. 44). Pourtant, les fabliaux mettent en avant des femmes fortes qui, par la ruse, parviennent à retourner les situations à leur avantage.

1. Complétez le tableau suivant en justifiant vos choix :

	Personnage de la femme dans le fabliau...			
	Rusée	Idiote	Vertueuse [1]	Immorale
« Le Vilain Médecin » (p. 17-25)				
« Les Trois Bossus » (p. 29-34)				
« La Bourgeoise d'Orléans » (p. 37-43)				
« Le prêtre qui fut pris au lardier » (p. 45-49)				
« Le Prêtre crucifié » (p. 53-55)				
« Le Boucher d'Abbeville » (p. 67-82)				
« Les Perdrix » (p. 91-94)				

2. Quel est le principal défaut des maris ? et celui des femmes ?

3. Quelle est la principale qualité des femmes, celle qui leur permet de résister à leurs maris ?

4. En vous aidant du tableau ci-dessus, décrivez en quelques mots le caractère des personnages féminins qu'on trouve dans les fabliaux.

5. Selon vous, les auteurs des fabliaux sont-ils des hommes ou des femmes ? Que peut-on en déduire sur la vision des femmes qui y est donnée ?

Punir les mauvais prêtres

Le théologien saint Thomas d'Aquin (v. 1224-1274) a défini les sept péchés capitaux qui poussent les hommes aux vices : l'orgueil (le

---

1. **Vertueuse** : qui se comporte bien ; dont l'attitude est exemplaire.

sentiment d'être supérieur aux autres) ; l'avarice (le fait de garder jalousement tout son argent et ses biens pour soi) ; l'envie ; la colère ; la luxure (qui conduit aux plaisirs sensuels) ; la gourmandise (qui désigne en fait plutôt la gloutonnerie) ; et, enfin, la paresse. Dans leurs sermons (discours adressés aux fidèles), les prêtres mettent en garde contre ces tentations. En tant que représentants de la religion, ils ont une fonction d'exemplarité morale. Ils font ainsi vœu de célibat, ce qui leur permet de se consacrer entièrement et uniquement à Dieu. L'image qui est donnée des prêtres dans les fabliaux est loin de correspondre à ces ambitions.

1. Complétez le tableau suivant en cochant les péchés que commettent les prêtres dans les fabliaux :

	Orgueil	Avarice	Envie	Colère	Luxure	Gourmandise	Paresse
« Le prêtre qui fut pris au lardier » (p. 45-49)							
« Le Prêtre crucifié » (p. 53-55)							
« Brunain et Blérain » (p. 57-59)							
« Le Testament de l'âne » (p. 61-66)							
« Le Boucher d'Abbeville » (p. 67-82)							
« Les Perdrix » (p. 91-94)							

2. Dans les fabliaux cités ci-dessus, un seul prêtre n'est pas puni de ses péchés : lequel ? Grâce à quoi est-il sauvé ?

3. La morale des fabliaux est simple : les personnages qui se comportent mal sont généralement punis. Trouvez la (ou les) punition(s) infligée(s) aux mauvais prêtres en complétant le tableau de la page suivante.

	Punition(s)
« Le prêtre qui fut pris au lardier » (p. 45-49)	
« Le Prêtre crucifié » (p. 53-55)	
« Brunain et Blérain » (p. 57-59)	
« Le Testament de l'âne » (p. 61-66)	
« Le Boucher d'Abbeville » (p. 67-82)	
« Les Perdrix » (p. 91-94)	

«Que maintenant le pouvoir soit aux femmes donné!» : les personnages de femmes rusées

(groupement de textes n° 1)

Le fabliau est l'ancêtre de la farce, genre théâtral médiéval bref et comique, dans lequel la femme occupe une place de choix. Cette dernière incarne toujours un personnage haut en couleurs : manipulatrice et rusée, elle parvient à ses fins grâce à d'habiles stratagèmes.

 ### *La Farce du chaudronnier* (XVᵉ siècle)

Dans cette *Farce du chaudronnier*, un couple qui se dispute fait un pari : il s'agit de déterminer qui saura rester le plus longtemps silencieux. En tirant profit de la situation, la femme se joue de son mari et prend le dessus : en plus de l'avoir rendu jaloux, elle remporte la gageure[1] et réfute le stéréotype selon lequel les femmes ne peuvent « rester en repos et se taire » (p. 111).

Farce nouvelle, très bonne
et fort joyeuse d'un chaudronnier

À TROIS PERSONNAGES :
L'HOMME, LA FEMME ET LE CHAUDRONNIER.

1

L'intérieur d'une maison, ouvert sur la rue. L'homme « entre », alors que la femme vaque à ses occupations.

L'HOMME *commence, en chantant.* – Il était un homme
    Qui portait fagots[2].

LA FEMME. – Hé, là ! êtes-vous, par saint Côme, le plus sot des sots ?

L'HOMME. – Ah ! ma femme, à ce que je vois, vous voudriez me régenter[3].

LA FEMME. – Par mon âme, monsieur le fagoteur[4], il n'y a plus d'argent chez vous et vous voulez toujours chanter !

L'HOMME. – Mais ne vaut-il pas mieux chanter que d'engendrer mélancolie ?

LA FEMME. – Il vaudrait mieux vous consoler en raboblinant[5] vos souliers que de chanter choses insensées ?

L'HOMME. – Et voilà qui bien vous ennuie !

LA FEMME. – Et oui, par saint Couille-le-Beau !

L'HOMME. – Vieille truie !

LA FEMME. – Maudit bec !

L'HOMME. – Pleine de...

----

1. *La gageure* : le pari.
2. *Fagots* : petits tas de fines branches.
3. *Me régenter* : me commander
4. *Fagoteur* : ramasseur de fagots.
5. *En raboblinant* : en réparant.

LA FEMME. – Merde !

L'HOMME. – À ton menton ! Avez-vous entendu l'ordure, comme elle est avec moi aimable ?

LA FEMME. – Avez-vous entendu l'oison [1], comme avec sa chanson il nous fait douce sérénade [2] ?

L'HOMME. – Ma foi, je crois qu'elle est jalouse, quand elle m'entend si bien chanter.

LA FEMME. – Moi ! jalouse d'entendre votre tête glorieuse braire [3] aussi bien qu'un âne ! Quand notre truie veut cochonner [4] et qu'elle grogne dans l'étable, sa chanson est aussi notable que la vôtre, ni plus ni moins.

L'HOMME. – Ah ! c'est bien dit, madame Anne.

LA FEMME. – Eh ! c'est bien dit, monsieur Guillaume.

(Et elle va prendre un bâton.)

L'HOMME. – Allez ! frappez, n'hésitez pas.

LA FEMME. – Notre-Dame ! je n'hésiterai pas.

L'HOMME. – Si jamais j'empoigne un bâton, je vous ferai parler plus bas. *(Et, à son tour, il prend un bâton.)*

LA FEMME. – Qui ? toi, poupon ? Je te crains bien, pauvre chapon [5], merde foireuse à pourpoint [6] gras !

L'HOMME. – À pourpoint gras ! et vous, dame ordure, on vous appelle clou de girofle.

LA FEMME. – Et vous, le géant débandé.

L'HOMME. – Vous vous parfumez de musc [7].

_____

1. *L'oison* : la jeune oie.

2. *Sérénade* : composition musicale en l'honneur de quelqu'un.

3. *Braire* : crier, en parlant de l'âne.

4. *Cochonner* : mettre bas.

5. *Chapon* : voir note 3, p. 30.

6. *Pourpoint* : vêtement d'homme, en usage du XIIIe au XVIIe siècle en Europe, qui couvrait le torse jusqu'au-dessous de la ceinture. Ici, le pourpoint désigne l'embonpoint du mari.

7. *Musc* : substance brune à forte odeur, d'origine animale.

LA FEMME. – Et vous de sauce à la moutarde.

L'HOMME. – Pauvre folle !

LA FEMME. – Petit mignon[1] !

L'HOMME. – L'affriolante[2] !

LA FEMME, *en frappant*. – Tiens ! gros menton.

L'HOMME. – Tu m'as frappé, vieille dent ? Tiens ! *(en frappant)* prends
ça sur la tête.

LA FEMME. – Happe ce bâton !

L'HOMME. – Et celui-là ! Voudrait-elle me régenter ? Rends-toi !

LA FEMME. – Non, plutôt mourir !

L'HOMME, *se frottant les côtes*. – Saint Maur, quelle dure souffrance !
Saint Copin, j'ai la peau tannée[3] !

LA FEMME. – Victoire et domination ! Que maintenant le pouvoir
soit aux femmes donné !

L'HOMME. – Quel blâme ! Mais encore plus infâme, qui perd son
temps à ton caquet[4] !

LA FEMME. – Victoire aux femmes, et pour vous malédiction !

L'HOMME. – Pas en tout.

LA FEMME. – Et en quoi donc ? Serait-ce pour caqueter ou pour
médire[5] ? Par mon âme, va aux autres le dire ! Je ne crains
aucune femme en ville qui soit autant que moi habile à caqueter
et à jaser[6].

L'HOMME. – Il n'y a pas de quoi s'en étonner. Une femme gagne
toujours à caqueter. Vous verriez plutôt Lucifer devenir ange salu-
taire qu'une femme rester en repos et se taire, ou vouloir le faire.

LA FEMME. – Oui, parbleu[7], grosse boule !

---

1. *Mignon* : au Moyen Âge, ce mot est synonyme d'homosexuel.

2. *Affriolante* : qui excite le désir.

3. *Tannée* : battue.

4. *Caquet* : bavardage futile et/ou médisant.

5. *Médire* : voir note 3, p. 61.

6. *Caqueter* […] *jaser* : parler abondamment, pour le seul plaisir de parler.
Les deux verbes sont synonymes.

7. *Parbleu* : juron atténué qui vient de « par Dieu » et marque l'assentiment,
la constatation d'une évidence.

L'HOMME. – Tu le ferais, sans remuer la tête ?

LA FEMME. – Sans bouger lèvre ni paupière.

L'HOMME. – Je parie deux sous [1]. Et ce pari, c'est moi qui le réglerai.

LA FEMME. – Par saint Maur, jamais je ne bougerai ; je resterai toujours maîtresse de moi-même.

L'HOMME. – Eh bien ! dites ce qu'il faut faire.

LA FEMME. – À cette place restez assis, sans parler à qui que ce soit, ni à un clerc [2] ni à un prêtre, silencieux comme un crucifix [3]. Et moi, qui me tais malgré moi, je serai plus paisible qu'un bouddha [4].

L'HOMME. – Que voilà bien dit ! Celui qui perdra, dame au grand esprit, devra, au surplus, payer une bonne soupe.

LA FEMME. – Paix ! ne bronchons plus !

2

Tandis que le mari et la femme restent, immobiles, assis près de ce qu'il faut imaginer être leur porte, on entend, derrière le rideau, le « cri » d'un chaudronnier. Puis sur un des côtés, supposé la rue, le chaudronnier paraît, portant tous ses ustensiles.

LE CHAUDRONNIER. – Chaudronnier ! chaudrons, chaudronnier ! Qui veut ses poêles refaire ? C'est le moment d'aller crier : Chaudrons ! chaudronnier ! *(Au public.)* Messieurs, je suis un si bon ouvrier que pour un trou j'en sais deux faire. Où dois-je aller ? Qui est-ce là ? c'est moi l'ouvrier. Holà ho ! N'y a-t-il personne céans ?

---

1. Sous : voir note 4, p. 30.

2. Clerc : voir note 4, p. 37.

3. Crucifix : voir note 1, p. 53.

4. Bouddha : dans la philosophie indienne, être humain éveillé du sommeil de l'ignorance, complètement libéré de toutes les fautes, et qui voit les choses telles qu'elles sont réellement.

LE CHAUDRONNIER, *s'approchant du mari et de la femme.* – Ah ! mais si, diable ! en voici deux. Dieu vous garde ! *(S'adressant à la femme.)* Jeune dame, n'avez-vous pas de chaudron à refaire ? M'entendez-vous ? Ho ! jeune dame, parlez-moi. Est-elle sourde ? est-elle sotte, à me regarder entre les deux yeux ? Ho ! jeune dame. Dieu nous aide ! je crois qu'elle a perdu l'esprit. *(Se tournant vers le mari.)* Et vous aussi, douce pensée, maître, n'avez-vous pas de chaudron à rabobliner ? Ho ! patron, êtes-vous sourd, muet ou sot ? Corbleu[1] ! il ne dit mot, et pourtant il me fixe entre les deux yeux. Je renie mes outils, si je ne lui fais ouvrir la bouche. Ho ! le sot, avez-vous conquis une mouche, que vous tenez entre vos dents ? Jouez-vous à monsieur le président ? Il ne remue lèvre ni dent. On dirait, à le voir, une statue d'un saint Nicolas de village. Va pour saint Nicolas, ou bien saint Côme. Mieux, vous serez saint Pierre de Rome. *(Il va utiliser tout ce qu'il a à portée de main, ce qui lui sert dans son métier : foin pour récurer, balai, ou ce qu'il transporte pour le vendre : petit chaudron, cuiller à pot, pot à pisser...)* Vous aurez une barbe de foin, et puis quelque chose à la main. Ainsi voici pour diadème *(il le coiffe d'un chaudron)* ; et pour crosse, faisons de même, cette belle cuiller vous aurez. En l'autre main vous porterez, au lieu d'un livre, ce pot-pissoir. Dieu ! que vous serez beau à voir ! Car vous êtes un aimable sire. *(Il s'incline devant lui.)* Saint de Dieu, gardez-vous de rire : le miracle serait gâté[2]. Afin qu'il soit mieux regardé, je veux lui peindre, de mes deux pattes, qui sont douillettes et délicates, son doux et précieux museau *(Et il lui barbouille le visage de suie.)* Ah ! mon Dieu, qu'il va être beau ! *(Il s'agenouille devant lui.)* Saint Couille-le-Beau, je vous adore. *(Il se relève.)* Mais que diable ont-ils dans la gorge, qu'ils ne se remuent pas d'un grain ? *(Il se tourne vers la femme.)* Ho ! jeune dame de Hesdin, qui êtes ici si proprette *(et il lui noircit à son tour le visage)*, que Dieu sache vous

---

1. *Corbleu* : voir note 4, p. 81.
2. *Gâté* : altéré.

y tenir, ma brunette ! Hé ! je vous en prie, mignonnette, parlez-moi donc un petit peu ; appelez-moi votre bon ami, et souriez. *(Aucun résultat.)* Voilà qui est fort ! Corbleu, je vous ferai parler l'un ou l'autre, comme il me semble. Ah ! par mon âme, elle ressemble à Vénus, déesse d'amour. Quel petit minois ! mais Dieu ! quelle bravoure ! M'amie, laissez que je vous flatte. *(Il commence par lui caresser le visage.)* Vous avez la peau délicate. *(Après un temps.)* Et vous êtes patiente et douce. *(Il met son visage sur le sien.)* Elle supporte que je la touche plaisamment partout de mon nez. Parbleu ! mon minois coquet [1], je veux vous baiser, accoler [2].

4

L'HOMME *rompt le silence et frappe furieusement le chaudronnier avec la cuiller à pot que celui-ci lui avait remise en guise de crosse.* – Le diable puisse-t-il t'emporter, truand paillard [3] !

LE CHAUDRONNIER. – À moi ! ma tête ! il m'a tué.

L'HOMME. – J'en suis heureux. Saint Jean, encore en auras-tu !

LA FEMME *à son mari.* – Notre-Dame, vous avez perdu : de moi j'ai su rester maîtresse.

L'HOMME. – Allons ! viens là, larronnesse [4] ! Pourquoi te laisses-tu baiser par un tel truand paillard ?

LA FEMME. – Eh ! pour gagner la gageure [5] ! Il fallait que patiemment j'endure pour ne pas perdre. Voilà qui est dit.

L'HOMME. – C'est vrai. Eh bien ! allons boire.

LA FEMME. – Allons ! Mais puisque j'ai gagné, j'ordonne que le chaudronnier vienne avec nous.

L'HOMME. – Par mon âme, il n'y viendra pas.

LA FEMME. – Et, par mon âme, il y viendra, quelque jaloux que vous soyez.

---

1. *Minois coquet* : visage séduisant.
2. *Accoler* : prendre dans ses bras.
3. *Paillard* : qui aime les plaisirs de la chair.
4. *Larronnesse* : séductrice.
5. *Gageure* : voir note 1, p. 109.

L'HOMME *au chaudronnier*. – Puisqu'il en est ainsi, venez ! Mais attention, plus de baiser !

LE CHAUDRONNIER. – J'ai eu tous mes os éclatés.

Adresse au public.

LE CHAUDRONNIER. – Mes bonnes gens, qui nous voyez, à la gageure venez tous boire. Et annoncez et retenez que les femmes que vous savez, ont remporté belle victoire.

LA FEMME. – Oui, bien sûr.

L'HOMME. – Allons jouer des mâchoires, et à la taverne boire. Venez-y tous, je vous en prie. Et vous *(faisant un geste vers le public des gradins et celui du « parterre »)*, gens d'en haut et d'en bas, partagez-vous deux pots de vin. Buvez-en tous, je vous en prie. Sachez-nous gré de nos ébats, et gens d'en haut et gens d'en bas.

Farces du Moyen Âge, trad. André Tissier,
GF-Flammarion, 1984, p. 61-77.

1. Le mari et la femme de cette farce vous paraissent-ils former un couple modèle ? Justifiez votre réponse.

2. Quel pari font-ils ?

3. Comment le chaudronnier profite-t-il de la situation ?

4. Qui gagne le pari ? En quoi cette situation est-elle comique ?

5. Pourquoi peut-on dire ici que la femme prend le pouvoir ?

Sujet d'écriture

Imaginez le lendemain de cette scène de ménage : la femme rencontre une de ses amies, elle lui raconte les bons tours qu'elle a joués à son mari et comment elle l'a tourné en ridicule. Votre travail prendra la forme d'un dialogue théâtral.

◎ Molière, *Le Médecin malgré lui* (1666)

Le célèbre dramaturge Molière (1622-1673) s'est lui aussi inspiré des fabliaux et des farces du Moyen Âge ; il a notamment repris l'intrigue du « Vilain Médecin » (p. 17-25) pour composer *Le Médecin malgré lui*. Sganarelle, ivrogne notoire et mari violent, vient de battre sa femme Martine. Celle-ci complote une vengeance. Au même moment, elle rencontre par hasard Valère, et apprend qu'il cherche désespérément un médecin pour soigner la fille de son maître. Martine trouve alors un moyen de se venger de son mari.

Acte premier
Scène 3

MARTINE, *seule*. – Va, quelque mine que je fasse, je n'oublie pas mon ressentiment[1] ; et je brûle en moi-même de trouver les moyens de te punir des coups que tu me donnes. Je sais bien qu'une femme a toujours dans les mains de quoi se venger d'un mari ; mais c'est une punition trop délicate pour mon pendard[2] : je veux une vengeance qui se fasse un peu mieux sentir ; et ce n'est pas contentement pour l'injure que j'ai reçue.

Scène 4
VALÈRE, LUCAS, MARTINE

[...]

MARTINE. *Elle dit ces premières lignes bas.* – Ah ! que le Ciel m'inspire une admirable invention pour me venger de mon pendard ! *(Haut.)* Vous ne pouviez jamais vous mieux adresser pour rencontrer ce que vous cherchez ; et nous avons ici un homme, le plus merveilleux homme du monde, pour les maladies désespérées.

VALÈRE. – Et de grâce, où pouvons-nous le rencontrer ?

MARTINE. – Vous le trouverez maintenant vers ce petit lieu que voilà, qui s'amuse à couper du bois.

LUCAS. – Un médecin qui coupe du bois !

---

1. Ressentiment : rancune, envie de vengeance.
2. Pendard : qui mérite d'être pendu.

VALÈRE. – Qui s'amuse à cueillir des simples[1], voulez-vous dire ?

MARTINE. – Non : c'est un homme extraordinaire qui se plaît à cela, fantasque, bizarre, quinteux[2], et que vous ne prendriez jamais pour ce qu'il est. Il va vêtu d'une façon extravagante, affecte quelquefois de paraître ignorant, tient sa science renfermée, et ne fuit rien tant tous les jours que d'exercer les merveilleux talents qu'il a eus du Ciel pour la médecine.

VALÈRE. – C'est une chose admirable, que tous les grands hommes ont toujours du caprice, quelque petit grain de folie mêlé à leur science.

MARTINE. – La folie de celui-ci est plus grande qu'on ne peut croire, car elle va parfois jusqu'à vouloir être battu pour demeurer d'accord de sa capacité[3] ; et je vous donne avis que vous n'en viendrez point à bout, qu'il n'avouera jamais qu'il est médecin, s'il se le met en fantaisie, que vous ne preniez chacun un bâton, et ne le réduisiez, à force de coups, à vous confesser à la fin ce qu'il vous cachera d'abord. C'est ainsi que nous en usons quand nous avons besoin de lui.

VALÈRE. – Voilà une étrange folie !

MARTINE. – Il est vrai ; mais, après cela, vous verrez qu'il fait des merveilles.

VALÈRE. – Comment s'appelle-t-il ?

MARTINE. – Il s'appelle Sganarelle ; mais il est aisé à connaître : c'est un homme qui a une large barbe noire, et qui porte une fraise[4], avec un habit jaune et vert.

LUCAS. – Un habit jaune et vart[5] ! C'est donc le médecin des paroquets ?

Molière, *Le Médecin malgré lui*, Flammarion, coll. « Étonnants Classiques », 2016, p. 43-47.

1. Simples : plantes utilisées comme médicaments.
2. Quinteux : capricieux.
3. Demeurer d'accord de sa capacité : reconnaître ses compétences (de médecin). Selon Martine, il faut battre Sganarelle pour qu'il accepte de reconnaître qu'il est médecin !
4. Fraise : large collerette plissée.
5. Vart : vert. Au XVIIe siècle, les médecins portaient traditionnellement une grande robe noire par-dessus leurs habits.

1. À quel fabliau ce texte vous fait-il penser ?
2. Quelle ruse emploie Martine pour se venger de son mari ?
3. Expliquez pourquoi la dernière réplique de Lucas est comique.

Sujet d'écriture

En vous inspirant de l'intrigue du « Vilain Médecin » (p. 17-25), imaginez la suite de ce texte. Sganarelle est conduit chez Géronte, père de Lucinde. La jeune femme est devenue subitement muette, car elle refuse d'épouser l'homme que lui destine son père. Racontez comment Géronte, Valère et Lucas vont forcer Sganarelle à pratiquer la médecine, et permettre à Lucinde de retrouver la parole. Votre travail prendra la forme d'un texte narratif.

« Tel croit avancer qui recule » : le thème du trompeur trompé

(groupement de textes n° 2)

Dans les fabliaux, de nombreux personnages trompent les autres grâce à des tours et des astuces. Mais bien souvent leurs subterfuges se retournent contre eux et ils se retrouvent pris à leur propre piège : c'est le motif du trompeur trompé, grand classique farcesque et l'un des ressorts traditionnels de la comédie. « Tel croit avancer qui recule » : la morale de « Brunain et Blérain » (p. 59) nous apprend que la ruse peut venir à bout de la force et que le plus faible a les moyens de l'emporter sur le puissant. Voici trois textes sur le thème de la nourriture, véritable préoccupation quotidienne au Moyen Âge et au XVIe siècle, qui développent ce motif [1] avec brio.

---

1. *Motif* : sujet.

Le Roman de Renart (XIIᵉ-XIIIᵉ siècles)

Depuis le Moyen Âge, le roi des trompeurs est représenté par le personnage de Renart le goupil[1]. Sachant manier l'art de la ruse mieux que quiconque, il devient parfois la dupe de ses victimes. Dans cet extrait, la fermière raconte aux paysans comment Renart a attaqué son poulailler. Après s'être emparé de Chantecler le coq, le goupil se sauve pour le manger, mais les paysans s'élancent à sa poursuite...

À force de courir, ils l'aperçoivent enfin. Et tous de s'écrier : « Le voilà ! » Or Chantecler a compris que, s'il veut se tirer d'affaire, il doit trouver une ruse.

« Comment, dit-il, seigneur Renart, n'entendez-vous donc pas toutes les injures que vous lancent ces paysans ? Constant vous talonne[2], lancez-lui donc un de vos bons mots en passant cette porte. Quand il dira : "Renart l'emporte !" vous pouvez lui rétorquer : "Bien malgré vous !" Rien ne pourrait le mortifier[3] davantage. » Aucun sage n'est à l'abri d'une folie. Renart, le trompeur universel, fut, cette fois-là, bel et bien trompé. Il cria d'une voix forte : « C'est bien malgré vous si j'emporte ma part de celui-ci ! » Lorsque Chantecler sentit les mâchoires se desserrer, il battit des ailes et s'empressa de fuir. Il s'envola sur un pommier tandis que Renart restait en bas sur un tas de fumier, grognon, penaud et dépité d'avoir laissé échapper sa proie. Chantecler lui rit au nez : « Renart, que dites-vous de cela ? Que pensez-vous de notre monde ? » Le coquin frémit, trembla et lui lança avec méchanceté :

« Maudite soit la bouche qui s'avise de faire du bruit alors qu'il convient de se taire ! [...]

– Cousin Renart, dit Chantecler, personne ne peut vous faire confiance. La peste soit de votre parenté[4]. Il a failli m'en cuire[5].

---

1. *Goupil* : ancien nom du renard.
2. *Vous talonne* : vous suit de très près.
3. *Mortifier* : vexer, humilier.
4. *La peste soit de votre parenté* : maudite soit votre race (les renards).
5. *Il a failli m'en cuire* : cela a failli me coûter la vie.

Parjure[1] que vous êtes, déguerpissez ! Si vous vous attardez ici, vous y laisserez votre pelisse[2] ! »

Insensible à ce bavardage, Renart juge inutile d'en dire plus et s'en retourne sans prendre le temps de se reposer, affamé, sans force. À travers des broussailles qui bordent un champ, il prend la fuite en suivant un sentier.

Le Roman de Renart, adaptation de Monique Lachet-Lagarde
d'après la trad. de Jean Dufournet et Andrée Mélines,
Flammarion, coll. « Étonnants Classiques »,
2016, p. 63-65.

———

La Fontaine, *Fables*, (1668)

Au XVIIᵉ siècle, le poète Jean de La Fontaine reprend les caractéristiques du Renart du Moyen Âge, symbole de la tromperie et de la malice : dans ses *Fables*, le renard incarne toujours un personnage rusé qui se joue des autres. Toutefois, il lui arrive de se retrouver dans la position du trompeur trompé, comme ici, dans « Le Renard et la Cigogne ».

Le Renard et la Cigogne

Compère le Renard se mit un jour en frais[3],
Et retint à dîner commère la Cigogne.
Le régal fut petit, et sans beaucoup d'apprêts :
    Le galand[4] pour toute besogne[5],

———

1. *Parjure* : personne qui viole un serment.
2. *Pelisse* : manteau doublé de fourrure ; ici, le mot désigne la fourrure de Renart.
3. *Se mit en frais* : fit des dépenses.
4. *Galand* (galant) : qui veut séduire.
5. *Pour toute besogne* : pour combler la faim.

Avait un brouet[1] clair (il vivait chichement[2]).
Ce brouet fut par lui servi sur une assiette :
La Cigogne au long bec n'en put attraper miette ;
Et le drôle[3] eut lapé le tout en un moment.
    Pour se venger de cette tromperie,
À quelque temps de là, la Cigogne le prie.
Volontiers, lui dit-il, car avec mes amis
        Je ne fais point cérémonie.
    À l'heure dite, il courut au logis
        De la Cigogne son hôtesse,
        Loua très fort la politesse,
        Trouva le dîner cuit à point.
Bon appétit surtout ; Renards n'en manquent point.
Il se réjouissait à l'odeur de la viande
Mise en menus morceaux, et qu'il croyait friande[4].
        On servit, pour l'embarrasser,
En un vase à long col[5] et d'étroite embouchure[6].
Le bec de la Cigogne y pouvait bien passer,
Mais le museau du Sire était d'autre mesure.
Il lui fallut à jeun[7] retourner au logis,
Honteux comme un Renard qu'une Poule aurait pris,
    Serrant la queue, et portant bas l'oreille.
        Trompeurs, c'est pour vous que j'écris :
        Attendez-vous à la pareille[8].

La Fontaine, *Fables*, Flammarion,
coll. « Étonnants Classiques », 2013, XVIII, p. 78-79.

---

1. *Un brouet* : une soupe.
2. *Chichement* : modestement, sans faire d'excès.
3. *Drôle* : rusé, individu dont il faut se méfier.
4. *Friande* : délicate, délicieuse.
5. *Col* : cou.
6. *Embouchure* : ouverture du vase.
7. *À jeun* : sans avoir mangé ni bu depuis un certain temps.
8. *Attendez-vous à la pareille* : attendez-vous à ce qu'on vous trompe à votre tour.

1. Quelles sont les caractéristiques du personnage du renard dans ces deux textes ?

2. Comment le trompeur est-il trompé ?

 ## Marguerite de Navarre, *Heptaméron* (1558)

La brièveté narrative des fabliaux a donné naissance au genre de la nouvelle, brillamment illustré par l'Italien Boccace au XIVe siècle et par Marguerite de Navarre, sœur du roi François Ier, au XVIe siècle. Dans son recueil de nouvelles intitulé l'*Heptaméron*, de jeunes et nobles Italiens sont retenus pendant plusieurs jours à la campagne par des intempéries. Pour se divertir et faire passer agréablement le temps, ils se racontent, à tour de rôle, des histoires. Dans le récit qui suit, un valet se venge d'un riche avocat gourmand qui lui a rendu la vie dure...

En la ville d'Alençon, [...] [il] y avait un avocat nommé maître Antoine Bacheré, bon compagnon et bien aimant à déjeuner au matin. Un jour, étant à sa porte, vit passer un gentilhomme [1] devant soi qui se nommait monsieur de la Tirelière, lequel, à cause du très grand froid qu'il faisait, était venu à pied de sa maison en la ville, et n'avait pas oublié sa grosse robe fourrée de renards. Et quand il vit l'avocat qui était de sa complexion [2], lui dit comme il avait fait ses affaires, et qu'il ne restait que de trouver quelque bon déjeuner. L'avocat en le prenant par-dessous le bras lui dit : « Allons, mon compère, nous trouverons peut-être quelque sot qui payera l'écot [3] pour nous deux ! »

Il y avait derrière eux le valet [4] d'un apothicaire [5], fin et inventif, auquel cet avocat menait toujours la guerre. Mais le valet pensa à

---

1. *Gentilhomme* : noble.

2. *De sa complexion* : de son tempérament.

3. *Écot* : ici, addition.

4. *Valet* : voir note 2, p. 23.

5. *Apothicaire* : pharmacien.

l'heure qu'il s'en vengerait, et sans aller plus loin de dix pas, trouva derrière une maison un bel étron [1] tout gelé, lequel il mit dedans un papier et l'enveloppa si bien qu'il semblait un petit pain de sucre. Il regarda où étaient les deux compères et, en passant par-devant eux, fort hâtivement [2] entra en une maison et laissa tomber de sa manche le pain de sucre, comme par mégarde. Ce que l'avocat leva de terre en grande joie, et dit au seigneur de la Tirelière : « Ce fin valet payera aujourd'hui notre écot ! Mais allons vitement, afin qu'il ne nous trouve sur notre larcin [3]. »

Et entrant en une taverne, dit à la chambrière [4] : « Faites-nous beau feu, et nous donnez [5] bon pain et bon vin avec quelque morceau friand [6] : nous aurons bien de quoi payer ! » La chambrière les servit à leur volonté. Mais, en s'échauffant à boire et à manger, le pain de sucre que l'avocat avait en son sein commença à dégeler, et la puanteur en était si grande que, ne pensant jamais qu'elle dût saillir d'un tel lieu, dit à la chambrière : « Vous avez le plus puant et le plus ord ménage [7] que je vis jamais. Je crois que vous laissez chier les enfants par la place ! » Le seigneur de la Tirelière, qui avait sa part de ce bon parfum, ne lui en dit pas moins. Mais la chambrière, courroucée de ce qu'ils l'appelaient ainsi vilaine, leur dit en colère : « Par saint Pierre, la maison est si honnête qu'il n'y a merde si vous ne lui avez apportée ! » Les deux compagnons se levèrent de table en crachant, et se vont mettre devant le feu pour se chauffer. Et en se chauffant, l'avocat tira son mouchoir de son sein, tout plein de sirop du pain de sucre fondu, lequel à la fin il mit en lumière.

Vous pouvez penser quelle moquerie leur fit la chambrière à laquelle ils avaient dit tant d'injures, et quelle honte avait l'avocat

---

1. *Étron* : excrément.
2. *Hâtivement* : rapidement, avec précipitation.
3. *Larcin* : petit vol.
4. *Chambrière* : voir note 4, p. 40.
5. *Nous donnez* : donnez-nous.
6. *Friand* : voir note 4, p. 121.
7. *Le plus ord ménage* : le lieu le plus sale.

de se voir surmonter par un valet d'apothicaire au métier de tromperie dont toute sa vie il s'était mêlé. Mais n'en eut point la chambrière tant de pitié qu'elle ne leur fit aussi bien payer leur écot comme ils s'étaient bien fait servir, en leur disant qu'ils devaient être bien ivres, car ils avaient bu par la bouche et par le nez. Les pauvres gens s'en allèrent avec leur honte et leur dépense, mais ils ne furent pas plutôt en la rue qu'ils virent le valet de l'apothicaire, qui demandait à tout le monde si quelqu'un n'avait point trouvé un pain de sucre enveloppé dedans du papier. Et ne se surent si bien détourner de lui qu'il ne criât à l'avocat : «Monsieur, si vous avez mon pain de sucre, je vous prie, rendez-le moi, car les larcins ne sont pas fort profitables à un pauvre serviteur !» À ce cri saillirent tout plein de gens de la ville pour ouïr [1] leur débat. Et fut la chose si bien vérifiée que le valet d'apothicaire fut aussi content d'avoir été dérobé que les autres furent marris [2] d'avoir fait un si vilain larcin. Mais espérant de lui rendre une autre fois, s'apaisèrent.

Marguerite de Navarre, *Heptaméron*, GF-Flammarion,
1982, 6ᵉ journée, nouvelle 52, p. 394-396.

1. Qui sont les personnages fortunés dans cette nouvelle ?

2. Pourquoi le valet de l'apothicaire veut-il se venger de l'avocat ?

3. Qu'aurait dû normalement faire l'avocat en trouvant le « petit pain de sucre » ?

4. Expliquez la phrase suivante : « le valet d'apothicaire fut aussi content d'avoir été dérobé que les autres furent marris d'avoir fait un si vilain larcin ».

Sujet d'écriture

À votre tour, inventez une courte nouvelle sur le thème de la nourriture en utilisant le schéma du trompeur trompé. Vous veillerez à utiliser différents types de comique (de situation, de geste, de mots...).

---

1. *Ouïr* : voir note 5, p. 89.
2. *Marris* : fâchés.

Le Moyen Âge et les fabliaux sur Internet

 Sur les manuscrits médiévaux et l'enluminure

– **www.enluminures.culture.fr**
Allez dans l'onglet « Visites virtuelles », puis cliquez sur : « Qu'est-ce qu'un manuscrit enluminé ? »

 Sur la vie au Moyen Âge

– **www.enluminures.culture.fr**
Allez dans l'onglet « Visites virtuelles », puis cliquez sur : « Travaux des champs » et « Le Moyen Âge à table ».
– **www.musee-moyenage.fr**
Suivez le parcours : Accueil > Collection > Dossiers thématiques > Les clés pour le Moyen Âge.
– **www.larousse.fr**
Dans l'outil de recherche, tapez : « Moyen Âge ».

 Pour écouter des fabliaux

– **www.litteratureaudio.com**
Allez dans « Rechercher », puis tapez : « Fabliaux du Moyen Âge ».

Un livre, un film

Fantastic Mr. Fox de Wes Anderson
(États-Unis, 2009)

Fantastic Mr. Fox est à l'origine un livre pour enfants écrit par le Britannique Roald Dahl (1916-1990), célèbre dans le monde entier pour ses romans, dont plusieurs ont été adaptés au cinéma : *James et la pêche géante* (1996), *Charlie et la chocolaterie* (2005), ou plus récemment *Le Bon Gros Géant* (2016), pour n'en citer que quelques-uns.

Wes Anderson, le réalisateur de l'adaptation filmique de *Fantastic Mr. Fox*, est connu pour son univers personnel, qui mêle le familier à l'étrange. Si le film semble à première vue s'adresser à un jeune public (il s'agit d'un film d'animation), seuls les spectateurs adolescents et adultes pourront saisir toutes les répliques et reconnaître les références mobilisées.

Comme la première adaptation en long métrage du *Roman de Renart* (*Le Roman de Renard*, Ladislas et Irène Starewitch, sorti en 1941 en France), *Fantastic Mr. Fox* est tourné en *stop motion*. Ce procédé consiste à photographier, image par image, des figurines et des maquettes que l'on déplace entre chaque prise[1], de telle sorte qu'en projetant le film à vingt-quatre images par seconde, on obtient l'illusion d'un mouvement continu. Wes Anderson avait déjà utilisé cette technique dans *La Vie aquatique* (2004), qui pastichait le commandant Cousteau[2] et ses documentaires. Quant aux voix des personnages, elles sont assurées par des comédiens célèbres : aux États-Unis, George Clooney et Meryl Streep pour Mr. et Mrs. Fox ; en France, Mathieu Amalric et Isabelle Huppert.

---

1. Prise : enregistrement d'une portion du film.
2. Jacques-Yves Cousteau (1910-1997) : officier de marine, explorateur et cinéaste français qui inventa de nouveaux équipements, tel le scaphandre autonome.

L'histoire de *Fantastic Mr. Fox* a pour thème principal la lutte person-
nelle du héros contre ses instincts. Mr. Fox a beau mener une vie
de journaliste, époux et père de famille modèle, il ne parvient pas
à réprimer ses penchants naturels qui lui commandent de redevenir
le rusé voleur de poules qu'il fut. Dans le film, comme dans les
fabliaux de ce recueil, plusieurs personnages prennent de mauvaises
décisions. « Tel croit avancer qui recule », dit la morale de « Brunain
et Blérain » (p. 59), illustrée par le choix de Mr. Fox d'habiter dans
un arbre pour satisfaire ses envies de grandeur, ou par celui des
riches paysans qui livrent une guerre aux animaux. Mais les retourne-
ments de situation, dans le film et dans les fabliaux, sont monnaie courante : « tel rit le matin qui pleure le soir, et tel est
renfrogné le soir qui au matin retrouve la joie » (« Estula », p. 90).

Analyse d'ensemble

1. Les fabliaux du Moyen Âge mettent en scène deux types de personnages féminins : les femmes qui n'ont pas leur mot à dire, et
celles qui semblent prêtes à toutes sortes de tromperies. *Fantastic
Mr. Fox* paraît refléter une vision moins misogyne [1], mais peut-on
dire pour autant qu'il y ait vraiment égalité entre Mr. Fox et son
épouse Felicity ?

2. Dans le fabliau du « Vilain Médecin » (p. 17-25), la question du
milieu social a beaucoup d'importance. Si le chevalier n'avait pas
été ruiné, il n'aurait pas été dans l'obligation de donner la main de
sa fille à un vilain. Que pensez-vous de la décision de Mr. Fox d'aller
habiter dans un arbre sous prétexte que vivre dans un terrier n'est
pas digne de lui ?

3. Connaissant le caractère que l'on prête traditionnellement aux
renards, commentez le choix que fait le cinéaste d'attribuer à
Mr. Fox la profession de journaliste.

4. Que pensez-vous de l'opposition entre Ash, le garçon « différent »,
et son cousin Kristofferson, qui réussit toujours tout ?

---

1. *Misogyne* : qui déprécie, méprise les femmes.

▓ Analyse de séquence : la visite chez l'avocat
(de 00.07.55 à 00.10.00)

1. Dans cette séquence, l'anthropomorphisme[1] est particulièrement marqué. Non seulement les animaux parlent, mais leur monde ressemble beaucoup au nôtre : à quels détails le voit-on ?

2. Montrez que le blaireau-avocat est un fin connaisseur de l'écologie, c'est-à-dire de la science qui étudie les relations entre les êtres vivants et leur environnement.

3. Que pensez-vous du portrait des trois fermiers ?

4. Commentez la manière dont est filmée la brève dispute entre le blaireau-avocat et Mr. Fox.

---

1. *Anthropomorphisme* : ici, fait de traiter des animaux comme s'il s'agissait d'êtres humains.